KB127504

해피랜드

해피랜드

김해자 신작 시집

K

POET

아시아

차례

해피랜드

POET

순간의 꽃

새벽녘 이불 속으로 든 그대 언 발

녹이려 들수록 질척이다 눈물 되어 사라졌다

반쯤의 잠속으로 잠겨오던 그렁그렁한 물방울은

내가 만나고도 잊어버린 신의 눈

눈 위에 도란도란 파여 핀 꽃잎,

한 발 한 발 돌아가며 찍은 흰 발자국들

언제든 다시 피어나는 만다라

그대는 막 열린 영원의 입술이다

늙지 않는 시간 속엔 모든 첫, 들이 세 들어 산다

여명 속에서 부글거리는 순간이여

앞뒤로 뻥 뚫린 시간 속으로 헤엄쳐 가던

너와 난 천둥벌거숭이 어린아이

함께 더불어 솟구친 거품 꽃

스러진 꿈들이 제 바다로 돌아가

다시 자란다

다가갈수록 멀어지는 수평선은

아직 내가 만져보지 못한 신의 발꿈치

부딪혀 깨지는 순간의 꽃봉오리여

사랑이 아니고야 누가 눈물을 피우겠는가

한 땀 한 땀, 일제히 더불어,

일어서는 희디흰 포말

있는 것은 늘 지금

처음처럼 재생되는 달콤쌉쌀한 파편

다시 부서지는

한 스푼 거품이여

몸의 소거

진짜 진짜 죽을 만큼 우울할 땐 친구랑 통화를 해요. 음 음 음을 소거해 놓고요. 그냥 서로 하고 싶은 말 하다 언제 끝난 지 모르게 끊겨요……개도 내 말 못 듣고 나도 개가 무슨 말 하는지 모르죠. 무슨 말인지 몰라도 내 말을 들어주고 있잖아 요. 혼자보단 나으니까……SNS도 필요하다니까요, 나랑 연결 돼 있잖아요, 어쨌든 누군가 나를 봐주고 있잖아요…….

이제 겨우 스물두 살 청년이, 강연 끝나고도 한참 기다렸다 털어놓은 말이 남대문 시장 골목까지 따라왔다. 냉장고에서 막 나온 소주병이 눈물 흘린다. 유리병이나 맥주 캔 같은 차가 운 표면엔 왜 물방울이 생길까. 묻지 못했다. 진짜로 개가 무슨 말 했는지 알고 싶지 않냐고. 진짜로 네 말 들려주고 싶지 않았 냐고. 말하지 못했다. 뭐라도 좀 먹으라고. 배를 채워야 다음

슬픔도 맘껏 맞이할 수 있으니까.

　새벽녘 깨어났다

　울음 묻은 기침 소리

　옆에 아무도 없다 몸이 기억하는

　내 스물두 살에게 말을 걸었다 네가 듣지 못해도

　사랑을 노래하는 동안 철없이 사랑은 끝나가고 있었고 성장과 진보를 외치는 동안 맥없이 우리 집구석들은 금이 가고 있었지. 뭐 아파트먼트서 살고 싶다고?아 사고 싶다고오……죽음을 피해 다니는 동안 온 사방에 싱크홀이 입 벌리고 있었고 정치, 크고 막강하기까지 한 것들, 상어 떼 몰려다니는 동안 어린 목숨들은 콘크리트 사이에서나 겨우 꽃 피고, 혁명도 주식이랑 똑같아 하한가 찍었다니까 경제, 생산성 없는 육체와 포스트모던하지 못한 하부구조는 최근 떠들썩한 블랙홀에 이주시키기로 했다지. 그 비용이 얼마야 대체, 전 지구인에게 기본소득 줄 돈이군 그래. 궤도가 넓어진다는 것은 점점 멀어진다는 것, 우린 너무 커져서 들리지 않는 새로운 언어를 학습 중인 인류가 되어가는 중이야……근데 나 인간 맞아? 아 참 내 말 못 들었지…….

몸이 소거된 자리
알 수 없는 전파만 무성하다

이웃들

한 달여 비워둔 집

엉거주춤 남의 집인 양 들어서는데 마실 다녀오던

아랫집 어머니가 당신 집처럼 마당으로 성큼 들어와

꼬옥 안아 주신다 괜찮을 거라고

아파서 먼 길 다녀온 걸 어찌 아시고 걱정 마라고,

우덜이 다 뽑아 김치 담았다고 얼까 봐

남은 무는 항아리 속에 넣었다고

가리키는 손길 따라 평상을 살펴보니, 알타리 김치통 옆에

늙은 호박들 펑퍼짐하게 서로 기대어 앉아있고, 항아리 속엔

희푸른 무가 가득, 키 낮은 줄엔 무청이 나란히 매달려 있다.

삐이이 쩩쩩, 참새떼가 몇 번 나뭇가지 옮겨 앉는 사이, 앞집

어머니와 옆집 어머니도 기웃하더니 우리 집 마당이 금세 방

앗간이 되었다. 둥근 스뎅 그릇 속 하얗고 푸른 동치미와 살얼

음 든 연시와 아랫집 메주가 같이 숨 쉬는 평상, 이웃들 손길

닿은 자리마다 흥성스러운 지금은, 입동 지나 소설로 가는 길

목

나 이곳 떠나

다른 세상 도착할 때도

지금은 잊어버린,

먹고사느라 잊고 사는, 옛날 내 이웃들 맨발로 뛰쳐나와

아고 내 새끼 할 것 같다 울엄마처럼 덥석 안고

고생 많았다 머나먼 길 댕겨오니라,

토닥토닥 등 두드려 줄 것 같다

참새떼처럼 명랑하게 맞아줄 것 같다

아무 일도 일어나지 않았다

나, 샌딩공 정범식은 2014년 4월 26일 오전 11시 35분 발견
되었다

울산 현대중공업 하청 노동자로 불리던 나는

도장부 13번 셀장 2626호선 작업용 에어호스에 목이 감긴 채

4미터 난간에 매달려 있었다고 한다

그날 아침, 내가 사용하던 샌딩기 리모콘이 말썽을 부렸다

스위치를 ON으로 켜도 그리트(철가루)가 나오다가 멈추길
반복했다

한 타임만 더 해보고 이상이 있으면 고쳐야지, 동료에게 말
했다

리모컨이 접촉되다 안 되다 하자 작업하다 말고

재빨리 걸어 블록 가장자리 비계(발판)를 통해 기계실로 걸

어갔다

　송기마스크는 벗고 방진마스크만 쓴 채

　수리하던 중 갑자기 얼굴이 타는 듯 뜨거웠다

　한순간 방진마스크 필터가 뜯겨 나갔다

　샌딩기에서 그리트가 뿜어져 상체를 가격한 듯했다

　눈에 박힌 철가루,

　앞이 안 보였다

　기계실에서 기어 나왔다 밖으로 겨우 빠져나와 블록 가장자

리에 있는

　외부 비계로 더듬더듬 기어갔다 발판은 분사된 그리트가 쌓

여 미끄러웠다

불러도 아무도 없었다

바깥쪽에 설치된 안전레일에 기대 더듬더듬 사다리 쪽으로
기었다

사다리에 발을 걸치려는 순간 옆으로 추락했다

내가 밟고 올라왔던 사다리가 그사이

다른 쪽으로 이동해 있었다

에어호스가 감기며 당겨졌다

목이 조여왔다

경찰과 회사는 자살이라 했다

내 호스 벗어두고 일부러 남의 에어호스를 감았다고 뭐하러?

그리트 안 들어가게 옷소매와 바지단에도 청테이프 꼭꼭 싸
맨 내가?

딸이 모레 오디션 본다고 자랑하던 내가 스스로 목을 매었
다고?

컵라면 사 왔으니 이따 같이 먹자던 내가 왜? 아직 컵라면도
안 먹었는데.

공장은 무사했다 나만 자살 되었을 뿐

아무 일도 일어나지 않았다

그까짓 것, 것들

굵은 멸치 한 박스가 신문지 위로 쏟아지자

수백 개의 휑한 눈알들이 나를 올려다보고 있다

오래전 의원 당선자 얼굴들이 깔린 신문지 위에서

멸치들이 다듬어지고 있었지

딸아이가 멀찍이 떨어져 말했지

엄마, 저 눈이 나를 봐?

등이 갈리고 머리가 잘리고

내장과 뼈까지 발겨지는 비린내

머리가 떨어져서도 감지 못하는 눈

그 눈을 보는 눈,

두어 걸음 뒤에서 조심스레 묻던 질문은

이제 생략되었다

멸치처럼 말없이 일용할 양식을 깐다

저 말 없는 것들이 김치볶음과 단무지만 있던 도시락 그릇
을 채웠다

저 입이 닫힌 것들 대가리가 무와 양파와 함께 끓고 있는

가난한 밥상머리를 구수하게 물들였다

바스라져 가루가 된 멸치들이

참치도 살 오른 방어도 아닌 것들이

농어도 튼실한 연어도 아닌 것들이

이 작은 은빛 몸체들이 곡괭이와 용접기와 호미를 쥔

광부와 선반공과 농부의 굽은 무릎과 손가락 마디마디

단단한 뼈가 되어주었다 으샤으샤 함께 멸치 그물을 털던
어부들처럼

말없이 문 앞에 박스를 놓아두고 간 택배기사처럼

밟고 지나가도 다시 꼿꼿이 고개 드는 질경이 방구장이

눈에도 안 띄는 비단풀 빈대풀

그까짓 것, 것들,

저 작은 것들이 모여

지하철 바닥의 새떼

오랜만에 한적한 지하철 타고 집에 가는 길

발밑을 물끄러미 내려다보다 알았습니다

발치에 바다가 흐르고 있다는 걸

부서지면서 솟구치는 파도의 포말

희푸른 바다에 별들이 빼곡히 박혀 있었습니다

들여다볼수록 뭍별로 반짝이는 점들

은빛 새떼 되어 희푸른 바다을 날아갑니다

주둥이 벌리고 끽끽대며 먹이를 기다리는 새끼들

산 입에 넣어줄 쓰라린 것들 물고 돌아가는

새들은 말이 없습니다 해지고 뜯어지며

바다을 치는 날갯짓

은하수 구석지에 사는 거주자들, 우리는 한 바퀴 도는데 2억 광년씩 걸린다는 태양계에 교대 근무하러 왔구나, 쉴 새 없이 돌고 도는 우주의 맷돌, 날마다 황도대를 따라 돌며 스스로를 돌리는 시간의 부스러기, 달이 흘려주는 창백한 젖줄에 입 맞추며 허우적거리다 불어터지고 버티고 튕겨 나가면서 바닥을 날아가는,

　별들의 몸에 지워지지 않은 상처들이 새겨져 있습니다

　밀면서 밀착하고 부딪치고 흔들리면서 온 힘 주어 딛고 선 혼적들

　각진 바닥에서 수평으로

　더불어 날아가는 은빛 점 점들

달빛 홀로그램

0

상서로운 구렁이가 허옇게 꿈틀꿈틀

짙은 안개가 산 중턱을 감고

내 동무 덕심이 집 지붕께에 바다가 출렁이고

물속에 달이 들어가 있다 몽환이 가장 현실적일 때가 있다

달이 부풀어 오르면

네 살 속에서 젖방울이 뚝뚝 흘렀지

살진 물고기들이 튀어 오르는 바다

만세 부르듯 두 손 들어 어린 발꿈치를 들었지

네가 다가올수록 나는 사라졌지

날개 달린 짱뚱어가 뛰고 갯벌에서 운저리가 뒹굴고

뻘게가 거품 꽃 피우며 느릿느릿 기어가는

은빛 가루 잔뜩 묻힌 바다

네 품속에서 허우적거리며 먹고 만지고

네 율동에 따라 우린 함께 진동하는 춤이 되었지

어제나 그제나 작년이나 재작년이나

똑같이 해는 뜨고 지고

빗물 받아 벼 키우고 바다를 향해 펼쳐진 하얀 밭에서

수리차 밟으며 늘 같은 발걸음으로 소금 알갱이를 빚는 발들

한 계단 한 계단 느릿느릿 돌고 도는 마을이 있었지

달이 차고 기울고

바다를 밀고 당기며 물고기를 낳던

까만 밤의 빛 테두리

야금야금 파먹으며 놀던

빅뱅 속의 한점 너무 가까워서 우린

너와 내가 따로 있다는 걸 몰랐지 꿈속에서

치고받던 너도 내가 만든 아바타이듯

1

물 건너왔지 조국의 근대화는

성스러운 십자가와 유능한 영어를 모시고

공장과 양복들과 총칼을 숨긴 연미복과 기술자들을 데리

고 왔지

잘살아보세, 잘 살아 보세만 배 터지게 배운

계몽주의자들을 거느리고

아이들은 철들기도 전에 배 타고들 떠났지

우리는 민족중흥의 역사적 사명을 띠고 이 땅에 태어났다,*

못 외워 회초리가 없히던 손바닥 위

국민교육헌장을 주워 삼키며

애보개로 식모로 먼 나라 공장으로

나라의 융성이 나의 발전의 근본임을 깨달아,*

대보름날 짚가리 속에서 놀다 함께 잠들었던

내 오촌은 프레스에 팔 하나 잡아먹고 돌아왔다지

해진 군복 속에 쇠꼬챙이 팔이 들어있던 당숙처럼

나풀거리는 팔 하나로 염전에 엎드렸지

---

* 1968년 12월 5일 박정희 대통령에 의해 반포되고, 초등학생부터 외우게 했던 〈국
  민교육헌장〉 부분

조상의 얼을 오늘에 되살려,*

손가락이 숟가락 꼭 잡고 있듯 밥 놓치지 않으려

정각정 느티나무 아래서

고무줄 넘기를 하면 이파리까지 머리가 닿던

친구는 폐가 문드러지고 나서야 돌아왔지

하얀 수액을 흘려보내며 물고기들을 낳는

어둠 속의 달

월급-월세-월부-월말정산…….

우린 너무 밝아져서 어슴푸레한 네가 보이지 않고

종잇장처럼 가늘어지다 없어져 버린 너를

더는 슬퍼하지 않으면서 사위어갔지 어른이 되어갔지

노동자가 되어갔지 입맞춤을 잊어갔지 초주검이 되어갔지

방탄소년단의 '봄날'을 듣다

눈이 내린다 몇 년째

저기 기차가 온다 눈에 엎드린다

손바닥에 닿은 뜨거운 눈

녹아 흔적도 없다 방금 전 있던

너는 어디로 갔나 기억 속 설국열차가 달린다

굳게 잠긴 지하실 문

수조에 너는 갇혀 있다 으어어 어으으

잘할게요 공부도 열심히 할게요 절 내보내 주세요

한때 인간의 말도 할 줄 알았던 너

얼마를 더 가야 누군가의 고통 때문에 행복이 간신히 팔리는

세상이 끝날 수 있을까 목과 몸체가 분리된

오 오멜라스 청동의 관이여

빨 수 있는 건

들어갈 발목이 없는 운동화

끼울 팔목이 없는 셔츠들

네게 끝내 닿을 수 없었던 슬픔과

그보다 부끄러움

치사량에 못 미치는

갇힌 나여

몸 빠져나간 옷이 부풀어 오른다

옷이 다시 젖는다 서로 팔짱 끼고 눈감은 바다

몇 번이나 더 살아야 네가 나였다는 걸 알게 될까

꽃무릇

내 조국 반도의 달력은 날마다 열사의 날

위령제 지내지 못할 날 없다

진혼가 부르지 않은 날 없다

10.1

10.2

10.3

배롱꽃 아니라도 단풍 아니라도

짓물러 터진 붉은 꽃물

묻히지 않고 갈 수 있는 길이 없다

내 조국의 역사는 뼈아픈 숫자로 온다

3.1

4.3

4.16

진달래 아니라도 동백 아니라도

핏빛 노을 물들지 않은 산하 없다

벌거벗은 내 조국의 책이여 너는 쿨럭쿨럭

페이지마다 창자 미어터져 나오는 소리로 온다

4.19

5.18

6.25

배고파 환장한 사람들 뱃구레에

총알 박혀 피어난 꽃무릇 군락이여

씨앗도 못 맺고 스러졌다 하는가

아니다

그 꽃들 우수수 지고서야

푸른 줄기 우우우 올라왔다

잘라내도 파묻어버려도 다시 틔울

꽃의 미래

사랑 나누고 있었다 알몸끼리 부둥켜안고

새끼 치고 있었다 젖 먹이고 있었다

피 섯기고 있었다 얼어붙은 지하

어두운 동굴 속에서 활활

불의 혀

키우고 있었다

둘 다 휘딱 갔다

현대아파트로 치킨 배달 가는디 트럭이 한 25톤쯤 되나, 하여간 엄청나게 큰 게 앞길을 막고 있는거, 현대백화점 옆에 2차선 하나 있는디, 현대아파트만 해도 1000가구 넘을겨, 골목이 좁은디도 차가 무지하게 많어, 큰 차 하나 서 있으믄 앞뒤가 꽉 막혀버려, 웬만하면 차 양쪽 비집고 갈 수 있는 게 오도바이 잖어, 근디 워낙 트럭이 집채만하니께 옆으로 갈 수가 없는거. 그래, 마후라시 꼭 잡고 서 있다, 거 연기통 나오는 거 말여,

맘이 급해 슬슬 이 짧은 다리로 밀고 가는디, 웬걸, 앞으로 갈 트럭이 뒤로 오는거, 나한티로, 오도바이는 뒤로 못 가잖여, 그런디 이 인간이 계속 뒤로 오는거, 오다 말겠지 했는디 계속 와, 가다가다 오도바이가 미끄러졌지 머, 백미러에 잡히지 않나벼, 엎어져서 기어이 트럭 밑으로 들어가고 있는디 걔는 계속 들어오는겨. 어쩌긴 어쩌, 트럭 밑으로 들어가 버렸지 머,

오도바이랑 같이 넘어져서.

참 내, 느낌도 없는지 이미 넘어져서 닿았으믄 멈춰야 하는디, 옆에서 보고 있던 사람들이 보고 황급히 제지를 하니께 그제서야 서더니 휘딱 가버리더라고, 미안하단 소리도 안 하고 휘딱, 알고 갔는지 모르고 갔는지는 모르지, 넘어지믄서도 치킨은 손에서 안 놨어, 빨리 가려고 손에 들고 갔거든, 그니까 뒤로 가기가 더 힘들었지, 차라리 뒤에 놓고 갔으면 오도바이 버려두고 가도 되는디, 왼손에 치킨을 들고 있었거든, 넘어지믄서도 치킨이 쏟아지면 안 되니께.

넘어져 있는디 사람들이 쳐다보고 있으니께 얼마나 챙피해, 나를 삥잉 둘러 싸매고 있드라고, 차 밑으로 들어간 것보담 넘어진 게 챙피한거, 챙피한 것보담 치킨 쏟아질까봐 그게 더

걱정되는겨, 아 빨랑 치킨 갖다줘야지, 시동을 켜니까 켜지더

라고, 어쩌긴, 나도 휘딱 갔지 머.

돌미역귀

뻣뻣한 미역귀가 한 양푼 물을 만나자, 두툼한 귀들이 꿈틀
거린다. 켜켜이 접혔던 귀가 펴지며 미끌한 진액이 되어 간다.
안으로 첩첩 포개진 귀들이 밖으로 풀어지며, 누님 미역은 나
가 보내주지라우, 귀들이 따개비처럼 옹기종기 붙은 미역 한
짐, 거문도에서 부쳐준 김종복이 목소리에 이어, 아야, 우이도
에 부탁했시야……사흘을 삐댔시야 니 하나 낳니라고……그
징글징글하게 추운 섣달 한밤중에……아야야 송신 몸서리 난
다야, 엄마의 장흥 사투리가 미끄러지듯 흘러가며, 바닷가 옛
언덕이 짭조름히 퍼진다

아야, 겁나게 짚은 디서만 귀가 달려야,
온몸 시퍼래지도록 귀에 알을 슬어놓는 어미들 가쁜 숨소리
거품 물고 지느러미질 하는 애비들 부채질 소리

점액질의 비릿한 노래 멈추어 바라보는 순간

고이는 침묵의 소리

　바람이 집안까지 들락거리던 인천 신현동 산동네, 내 몸 둘
쯤 너끈히 들어갈 큰 박스 만한 방이 바스락거린다. 반듯이 눕
지도 옆으로 눕지도 못하는 만삭의 여자가 미역귀를 뜯어먹는
다. 목포항에서 인천항까지 머나먼 길, 엄마와 함께 달려온, 마
른 멸치와 김 사이에서 귀들이 열린다. 짭조름하게 펼쳐지는
단맛이 신문 위에서 바스락거린다 - 쉬유 쉬유, 살아 있는 입이
내뿜는 숨비소리 - 심해의 공기구멍이 열리며 덩달아 양수가
출렁거린다 - 산달이 낼모레, 통장도 의료보험도 없는 여자 뱃
속에서 아기가 발길질한다

말라붙은 돌미역귀,

언젠가부터 나는 난청,

산 너머 너머에 있는 심해, 잘 들리지 않는다.

굳어서야 겨우 살아 있는 귀,

귀 하나 펴질 때마다 스며 나오는

음표들의 행진

음과 음 사이,

들숨과 날숨 사이

물결표 ~ 당신

모든 당신들의 숨결 들리는 듯,

끈적한 바다가 방울방울 맺힌다

탐라의 말 곁에서

무둥이왓 쇠소깍 들렁궤

이 단어들을 처음 들었을 때 그 말 곁에서 살고 싶었다

한 석 달 열흘쯤 아이처럼 물장구치며

가난하고 정겹고 너른 너븐숭이 품속에서

산굼부리 어욱밭이라거나

다랑쉬오름 새별오름 쌀오름이라는 말을 들었을 때

코가 절로 벌어졌다

해거름에 어욱밭 뛰어가는 아이들과 쌀 씻는 아낙이 보이고

저녁밥 짓는 연기 지슬 굽는 냄새가 스멀스멀 퍼져갔다

지금은 사라진

머흘뿔이라든가 큰담밧이라는 말 속엔

사람처럼 소를 돌보고 바당밭 일구던 하르방 할망

흙손과 맨발들이 그려낸 상형글자들이 보인다

선들목 새장밧 낮은 돌담 사이로 난

고운 이름들 속으로 들어가면 왁자하게 웃는 어멍 아방 소리

또뜻해사 살아집주,

무명베 걸친 옛적 사람들이 태왁 매고 바당 나가는 소리

아침밥 짓다 죽어간 흰 연기 속

빌레못굴 큰곳검흘굴 속에서는 수런수런 아직도

저 자신을 증명하지 못한 흰 뼈들의 소리

사람과 마을만이 아니다 미친 역사가 학살하고 불태운 것은

바람과 바다와 흙과 더불어 살아온 숨통

말과 이야기도 끊어 버렸다

북밭친밧 못밧 모살불 너머에서 들리는

툭툭 동백 목 부러지는 소리

주소가 지워진 물속

쩍쩍 갈라지는 저승길

터진목이 가리키는 방향으로 흐르고 싶다

말이 영혼을 가리키는 가엾고 아름다운 말들과 함께

새별오름, 새가름, 새머흘……

말이 삶을 살리는 이 뼈아픈 말과 함께

마스크, 假面, 탈
-코로나1

1

공원을 걷는데 맞은 편에서 오던 사람이

비켜 서 있다

입을 가리고 다소곳이

목줄 잡힌 강아지도 순순히 기다리고 있다

내가 재빨리 지나쳐가기를

목적지를 향해 최단 거리로 이동하는

인류의 오랜 습성이 무너지고 있구나,

코와 입

눈까지 반쯤 가린 채

사람과 사람 사이

거리를 지키는 고상한 동물이 되었구나

독자 노선과 우회로를 선호하는

새로운 사피엔스가 되었구나,

빤히 바라보는 대신

슬며시 고개 숙이고

먼발치에서 기다릴 줄 아는

느긋하고 예의 바른 종이 탄생하고 있구나

2

전 세계가

키스를 멈춘 것 같다

공포가 사랑을 이겼구나

작은 것이 큰 것을 이겼구나

바이러스처럼 보이지도 않는 것이

내 옆의 사람을 밀어내고 있구나

마주쳐지지 않는다

서로의 눈에 전신을 담그듯

지그시

바라보는 일도 멈췄다,

보아도

다 볼 수 없었지만

신체 중 유일하게 옷 걸치지 않은 얼굴만이 평등했던

발가벗은 얼굴에 가면을 쓰자

묵상하는 인류가 되었구나

물러가라, 분노하고

사랑한다, 침 튀기며

외칠 수도 없게 되었구나

3

왁자지껄 여럿이 밥 먹어본 게 언제던가

침도 튀기며 깔깔 웃으며

동그랑땡 같은 달덩이가 나뭇잎을 흔든다

노릿노릿한 호박부침과 빈대떡 밥 위에 얹어주며

공중에서 울리는

젓가락 고소하게 부딪치는 소리,

어디선가 멀리서 들리는

보글보글 된장국 끓는 소리

호박 위에 양파가 얹어지고 두부와 버섯이 포개져 있는

뚝배기 속으로 바지런한 숟가락들이 드나들고 있다

보름달 아래 장작불이 타고 있다

아이도 노인도 여자도 남자도 속속 모여들고 있다

대보름날 낟가리마당에서 손에 손잡고 돌던 강강술래 소리

달 속 꽹과리에 점을 찍는 징

징, 징, 징, 동심원이 퍼져나가고 있다

아편쟁이도 폐병쟁이도 덩실덩실 춤을 잘도 추던 거지도

가위소리가 음악 같았던 엿장수도 모여들고 있다

무생채와 콩나물과 고사리 도라지 고구마순과

우거지 시래기나물 같은 사람들,

함지박만 한 달 속에서 한통속이 되고 있다

쇳소리 나는 웃음들이 버무려지고 있다

4

기댈 나무도 없는 소나무가

뾰족한 미싱 바늘 같은 이파리로 달을 찌른다

떠듬떠듬 구릿빛 종이에 새겨지는 은빛 숟가락

끈적끈적한 달의 문장이 흘러내린다

농이 흐르는 콧물을 휴짓조각으로 막고 마스크 쓴 채

먼지 속에서 마스크를 만들고 있는 이국의 재봉공이여

하루 열두 시간 미싱대 앞에 앉아

척추와 다리를 물어뜯기고 있는 사람아 발판을 보아라

꽁꽁 막혀 버린 돌들의 입

용광로에 쇳물을 붓는 자여 숱한 굶주림과 추위를 모아

닫힌 문 뒤에 가둔 지하를 뜨겁게 지피라

살아서 무덤에 갇힌,

곰팡이처럼 들끓는 해진 옷과 가난한 자들

악취 나는 침묵과 묶인 채 덮여버린

사발 가득한 기침을 말리라

쓰디쓴 심연을 캐는 광부,

어린아이 같은 태양의 마음을 입고

아직 태어나지 않은 미지의 아이들,

미래 속 뜨거운 땅을

지금 입 맞추라

중매
-코로나2

집에서 꼼짝 말라는 기저 질환자가 된 내게

여수에서도 배 타고 두어 시간 가야 당도하는 머나먼 섬,

거문도 수협 중매인 35호 수산 최형란이 생선을 좀 보낸대서

대구 사는 후배들 주소 몇 찍어 주었는디

고향 바다 건너 뭍으로 간 간고등어 토막고등어들이

우짜면 이리 푸짐하고 정갈하노, 억수로 칭찬받아가며

노모께 몇 손 가고 친구들에게도 두세 마리씩 이사 갔다고

백신 한 보따리 받았으니 잘 묵고 더 힘내겠다고

김밥 싸고 배달하는 김병호가 우리 동네 이웃들

나무들과 고라니와 별들에게까지 안부를 전해왔는디

사흘 후 최형란이 부녀회에서 생선 좀 보태기로 했다고

십시일반 모은다는 게 큰 박스 8개가 만들어졌다는디

나흘 후 배 가른 갈치 통갈치 덩치 좋고 인물 훤한

삼치들이 꼼짝없이 갇힌 쪽방 사는 어른들과 의료진들 먹일

김밥 싸고 있는 대구 바보주막에 당도했다는디

엄청시리 왔어요……이 은혜를 우짠다요……

농갈라묵고 또 농갈라묵었다고 농갈라묵은

김채원이도 중매인 최형란이도 울컥했다고

얼떨결에 중매쟁이 된 내도 덩달아 울컥하는디

오병이어 기적이 별 긴가,

갈라묵고 살믄 살아지는기라,

해피랜드

빨간장화 두 짝 뭉게구름을 이고 있는 장대가 신고 있다. 밤 9시, 빨간 장화가 내려와 작은 발 두 개를 들여놓는다. 빨간 모자 위에서 빛나는 보름달 같은 등, 대나무 구럭 지고 꼬챙이 들고 빨간장화가 산으로 올라간다. 날마다 높아가는 반테르 계방[*], 쓰레기더미를 헤치지 않고는 보물을 찾을 수 없다. 장화가 딛는 곳마다 숨어 있는 종이와 플라스틱, 깡통은 젤로 좋은 보물이에요, 지금 드시는 물병도 다른 데 버리면 안 돼요, 굴삭기를 피하다 유리에 찔렸다. 장화 위로 피가 흘러내린다. 상처를 손수건으로 묶고 빨간 장화는 보물찾기한다. 옆에서 아래에서 커다란 파란 장화들이 픽픽 쓰러진다. 굴삭기에서 떨어진 텔레비전에 맞았나봐요, 저깟 포크레인 쯤은

---

[*] 인도네시아 최대 쓰레기 매립장, 자카르타와 주변 도시에서 하루 평균 7천 톤의 쓰레기가 실려 온다.

겁도 안 나요,

새벽 3시 움막으로 빨간장화가 돌아온다. 두 시간 자고 학교
에 간다. 닦아도 닦아도 쓰레기 냄새가 지워지지 않는다. 나는
11살 나디아예요, 친구들이 내 옆에 앉지 않아서 슬퍼요, 학교가
코란을 읽는다. 코란을 못 읽어 선생님한테 혼났다. 신은 왜 내
게 공평하지 않은가, 작은 神, 빨간장화가 책상에 엎드려 운다.

거리의 댄서들 거리에서 만나 거리에서 자고 거리에서 일
하는 8살 9살 10살 11살, 독수리 5형제가 해 뜨자마자 자루를
사러 간다. 어디서 흘러온 지 모르는, 해피랜드* 쓰레기가 밥,
페트병과 플라스틱병을 줍는다. 유리병이 보이면 보석 다루듯
품에 안는다. 단내나는 버려진 케이크 종이와 사탕 봉지를 흠

---

* 도시 개발로 밀려 난 사람들 6만 명이 사는 필리핀 톤도 해변에 있는 지명.

홈 대며 날렵하게 쓰레기를 줍는다. 거리의 댄서처럼. 앙증맞은 원피스들과 신사복들과 음식들은 벗은 웃통들을 피한다. 저리 가, 독수리 5형제 등짝에 얹히는 빗자루,

　1킬로에 370원, 7시간 주워 500원, 7시간 떠돌다 쓰레기를 돈으로 바꾼 빵을 잘라 나눠 먹는다. 비가 온다. 종이 박스와 스티로폼 침대가 옮겨 다닌다. 떨리면 떨릴수록 꿈에 젖게 하는 빗줄기, 5형제 모두 밥 먹는 꿈은 꿈에도 못 꾸지만 돈 벌어 가난한 사람 도와주고 싶다는 꿈은 꾼다. 소방관이 되고 집 없는 사람들 집 지어주는 건축가가 되는 꿈, 사정없이 쏟아지는 빗줄기에 댄서들의 꿈이 젖는다.

　점플보이 부유물로 가득한 해피랜드, 콘도 바다가 일터, 13살 믹이 플라스틱을 줍는다. 추운 바다방울이 소름으로 돋아

난다. 스티로폼 배에 몸을 싣고 떠다니는 페트병을 건져 올린
다. 물병은 깨끗한 것만 받아, 고철 요금만 줄 거야, 며칠 모은
재활용품, 40페소로 소시지 1개와 쌀 두 봉지 샀다. 소시지를
쪼개 밥을 먹으며 아버지가 말한다. 나도 일하려고 노력 중이
야, 굶지 않으려고, 부두에서 일하던 아빠는 술 마시는 게 업
이다. 술값 언제 줄 거야? 잊기 위해 다시 마신다. 너 자꾸 트
럭 올라가면 죽어, 인생이 끝난다고,

먼지로 앞이 안 보이는 아스팔트, 다리 난간에 앉아 주시한
다 독수리가 먹잇감을 노리듯. 느리게 가는 트럭이 있다 트럭
이다 가자, 믹은 재빨리 달려 차에 올라탄다. 돈 될 만한 철골
을 재빨리 뜯어내 짐칸 밖으로 내던진다. 형처럼 따르는 동네
동생 프란시스가 주워 모은다. 다람쥐처럼 재빠른 믹이 부러
운 7살 프란시스 꿈은 빨리 커서 점플보이가 되는 것, 트럭에

56

매달린 다음 위로 올라가, 계속 앞으로 가는 거야, 어린 프란시
스가 믹에게 엄지를 추켜세운다.

팔아서 밥 먹자, 컴퓨터도 하고, 1kg 남짓한 철사로 부자가
됐다. 형 트럭에서 떨어지면 어떡하지? 차가 계속 달려오니까
떨어지면 죽는 거지 머,

어린 성자들 오늘은 바다를 건너갈 거야, 마닐라 항구 야적
장엔 녹슨 못이 많아, 수심 깊은 1.5KM 헤엄쳐 가야 한다, 믹
을 따라가기엔 프란시스는 너무 작다, 욕심 많고 덩치가 큰 형
들이 오기 전에 가야 해, 헤엄쳐 두 시간 만에 야적장에 도착해
보니 프란시스가 뒤따라왔다, 부러움이 두려움을 눌렀다, 아
프다, 못에 찔렸다, 피 난다, 손과 발에 상처 자국이 주운 못보
다 많다, 형, 목마르다, 배고픔이 아픔을 이겼다, 나무 위에 올

라가 붉은 열매 몇 개 따 먹었다. 믹의 소원은 트럭 운전사가 되는 것. 또 다른 소원은 좋은 아버지가 되고 싶은 것. 점플보이가 소원인 프란시스의 또 다른 소원은 굶지 않는 것, 맛난 거 많이 먹는 것,

다시 헤엄쳐 돌아가는 먼 바다

둘 다 말이 없다

오늘은 조금밖에 못 벌었어,

24페소(600원)니까 12페소씩 나누자,

손에 올려준 동전을 어루만지며 프란시스가[*]성자처럼 웃었다

* 프란시스는 8살이 되기 전 심한 고열로 세상을 떠났다. (EBS 다큐프라임 〈천국의 아이들〉 편)

타로 타워
-코로나3

한 발은 물에 한 발은 푸른 대지,

조심스레 딛고

황금빛 날개를 단 대천사 미카엘이

한 컵에서 한 컵으로 물을 붓는 순간

발밑에서 히아신스가 피어나던 14번 숲길을 떠나

데블의 사슬에 묶인 채

키 큰 난쟁이가 되어 게걸스러운

15번 대로를 지나왔다

절벽 위에 우뚝 솟은 탑에서 불똥이 튀고 있다

전갈자리 한 귀퉁이에서 신의 집이 불타고

폭풍우가 몰아치는 먹구름 속에서 벼락이 치고 있다

번개처럼 금이 간 시간이 떨어지고 있다

붕괴되어 가는 탑이 쓰고 있던 모자,

왕관이 거꾸로 떨어지고 있다

난민수용소,

총알을 피하던 임시 거처,

탑이 무너지자 살다 만 너도, 죽다 만 나도 떨어지고 있다

죽어야만 산다, 살아서 죽은 사람들,

해방되었다 죽음으로 풍요하다

태양이 스러진 밤,

널린 주검을 장사지내고 17번가를 향해 길 떠나야 한다

상처투성이인 채로

갇혔던 병에서 물이 흘러나와 샘과 숲을 적신다 엎드려

목마른 대지에 부어버리는 별 처녀,

알몸 뒤에 북두칠성이 북극성을 에워싸고 있다

머잖아 초승달이 눈물로 빚은 금빛 이파리를 떨굴 것이다

가재와 게가 물속에서 올라오고

황금빛 태양 아래 붉은 망토를 걸친 아이가

망아지를 타고 담벼락 등진 채

먼 길 떠날 것이다

살아남은 해바라기들과 죽은 담벼락이 아이를 배웅할 것
이다

일어나라, 아침으로 향하는 나팔소리 들으며 물속에서

아이들이 관을 열고 두 손을 뻗을 것이다

에스컬레이터를 타고 오르는 동안

-코로나4

36.5도입니다.

왼편 관자놀이에 체온계를 대던

방호복 입은 청년이 말했다 말 못하는 마스크가

부풀며 안도의 한숨을 흘렸다

병원 에스컬레이터를 타고 오르며 올라가기만 할 뿐

내려올 줄 모르는 거대한 방주,

지구의 체온을 생각했다

열대우림이 태워지고 있다

캘리포니아가 불타고 호주가 불타고 있다

아마존이 번성하는 동안 원주민들이 들것에 실려 나오고 있다

쿠팡이 질주하는 동안 노동자들이 고꾸라지고 있다

몬산토가 팽창하는 동안 농민들이 눈멀고 있다

나무와 풀이 불타고 코알라가 불타고 있다 죄 없는

캥거루가 몸부림치고 있다 어린 자식 안은 채

너와 내가 분리되고 있다 땅과 사람의 신체가

솔로몬 제도가 마이크로네시아가 사라지고 있다

투발루와 팔라우 파푸아 뉴기니가 잠기고 있다

인천항과 인천공항이 물에 떠 있다 갇힌 배 안에서

서로를 구조하고 있다 틀어 막힌 내 숨이 할딱거리고 있다

언제 밥 한번 먹자,

그 흔하고 사소한 약속이 기약 없이 지나간다

멀리 있어도 아프다

아직 만나보지 못한 사람도 그립다

내가 사는 세상을 봤다[*]

2009.4.8 - 비정규직, 계약해지 노동자 자살

2009.5.27 - 재직자, 신경성 스트레스 인한 뇌출혈 사망

2009.6.11 - 관제데모 구조조정 스트레스 등으로 허혈성 심근경색 사망

2009.7.2 - 희망퇴직, 사측 강요로 희망퇴직 후 생계난으로 연탄가스 자살

2009.7.20 - 사측의 협박 및 회유 받고 괴로워하던 조합원의 아내 자살

2010.2.20 - 재직자, 행방불명 상태에서 차량 안에서 연탄가

---

* 쌍용자동차 정리해고 후 서른 번째 사망자 김주중 씨의 마지막 말. "정리해고를 겪으며 내가 사는 세상을 봤다" 2018년 6월 자살하기 8일 전 그는 2009년 8월 5일 조립공장 옥상에서의 진압을 증언했고, 경찰청 인권침해사건진상조사위원회 요청에 응해 '그날의 옥상'을 진술하기도 했다. 위 자료는 2018년 여름 대한문 앞 분향소에 차려진 희생자들의 영정에 기록되어 있었다.

64

스 자살

2010.4.25 - 조합원의 부인, 생계난으로 투신자살

2010.5.4 - 재직자, 분사화된 시설팀 근무 중 심근경색으로 사망

2010.11.19 - 희망퇴직자, 희망퇴직 후 미취업 상태. 스트레스로 인한 심근경색 사망

2010.12.14 - 부당 해고자. 장애인으로 부당 해고 후 취업의 고충과 어려움 중 자살

2011.1.13 - 희망퇴직자. 이혼 생계난 겪다 두 아이 남기고 연탄가스 자살

2011.2.26 - 무급휴직자, 생계난으로 아내는 투신자살 후, 일용직으로 생계를 꾸려가던 중 두 아이 남기고 돌연사, 늦잠을 잔다고 여긴 아이들이 아빠 몸을 흔들자 움직이지 않음. 통장

에 4만 원과 카드빚이 150만 원 있었음.

　2011.3.1 - 희망퇴직자, 차량 안에서 연탄가스 자살

　2011.5.10 - 희망퇴직자, 희망퇴직 후 인력업체에서 일해오
다 돌연사

　2011.10.4 - 공장 안 재직자, 행방불명 후 차량 안에서 연탄가
스 자살

　2011.10.10 - 희망퇴직자, 심각한 우울증, 집안에서 목을 매
자살

　2011.11.8 - 공장 안 재직자, 실종 후 야산에서 목을 매 자살

　2011.11.10 - 희망퇴직자의 아내, 생계난 고민 중 돌연사

　2012.1.21 - 희망퇴직자, 회사 측에 의한 2번의 해고, 심장마
비 사망

　2012.3.12 - 희망퇴직자, 정리해고 이후 심한 우울증 당뇨병

합병증으로 사망

2012.3.30 - 부당 해고자, 생계난 우울증 아파트에서 투신자살

2012.10.8 - 희망퇴직자, 희망퇴직 강요, 퇴직 후 스트레스와 당뇨합병증으로 사망

2013.1.8 - 공장재직자, 신변비관 공장 안에서 자살 기도 사망

2014.4.23 - 해고노동자, 자택에서 심근경색으로 사망. 숨지기 며칠 전 다른 해고노동자에게 "못 도와줘서 미안하다" 메시지 보냄.

2014.12.13 - 재직 중 허리 다침, 해고 뒤 허리치료와 산재소송으로 퇴직금 탕진, 주유소 아르바이트, 부품사 하청 노동자로 떠돌며 병마와 싸우다 암으로 사망

2015.1.14 - 희망퇴직자, 해고 후 취업하지 못해 경제적 정신적으로 힘들어함. 부모님과 생활하다 뇌출혈로 사망

2015.4.30 - 희망퇴직자, 해고 후 노부모 간병, 두 자녀 생활비 마련에 정신적 고통, 심리치료, 길에서 쓰러져 병원이송 후 사망

　　2017.5.30 - 복직자의 아내, 생계 곤란, 정리해고 이후 우울증 심화, 자택 인근 운동장에서 목을 매 자살.

　　2018.6.27 - 복직 대기자, 생계 곤란, 정리해고 이후 지부 간부 역임, 복직 투쟁에 적극적 활동, 해고자 복직 길어지자 자택 근교 야산에서 목을 매 자살.

우화

지하 원룸 앞 콘크리트 틈새에서

광대나물이 얼굴을 든다 부서진 벽돌에 눌리며

냉이 이파리가 펴지고 반쯤 뽑혀 비스듬히 누운

나무 위에서도 이끼는 푸르다 나는 모른다

지난 겨울 지하를 흐르던 씨앗과 물방울들의 연대

땅 위로 솟구친 너의 비밀

수직이 수평을 지배한다

거대한 첨탑, 예배당 같은 것들이 위조된 믿음을 재생산하고

학교가 네모난 지식을 주입한다 줄지어 기어가는 개미들처

럼,

무기가 갇힌 정의를 지키고 눌러도 까닥 않는 기관들이 우

상을 선전한다

세계연방은행이 달러를 찍고

건물 안에 갇힌 국가가 성장과 개발을 외치는 동안

농업 속에 농민이 없다 공업 속에 사람이 안중에 없다

대지에 뿌리 처박지 않은 나무는 고사한다

가슴에 포개지지 않는 진보는 뽑힌다 민중 속으로

다리를 뻗지 않는 투사는 투항 당한다

통계수치만 들여다보는 정신 나간 물신들의 행진,

문명이라 불리는 컴퓨터 속의 대차대조표,

나는 의심한다, 고로 존재한다

철석같이 믿은 시멘트에 금이 가고 있다

뼈밖에 안 남은 신앙,

경건한 유리벽을 깨고 사원을 나온다

길이만 있을 뿐 두께가 없는 신념의 거울 속에서

뇌가 아니라 이족보행이 먼저였다

발에서 시작했다 진화는

제도라는 우화가 아니라 인류의 손에서 데워진다 삶은

후라이팬과 드릴과 붓을 쥔 손들이 학교에서 걸어나온다

국가 안에서 민초가 걸어나온다 기껏해야

훔치거나 엎드려 몇 푼 종이 박스를 주울 뿐,

부패도 비리도 해먹을 방법도 알 길 없는

문서 밖 존재들이

퉁명스러운 바위가 키 큰 나무를 붙잡고 있다

질척한 흙더미가 나무뿌리를 붙들고 있다

흙은 초목의 속옷

더러 계단이 된 뿌리를 밟고 사람들이 올라간다 뽑혀져도

벌레와 이끼들의 집이 되는 흙과 나무가 나의 종교

무릎이 숨통을 조인다 목소리를 잃어버린

나는 항거한다, 고로 현존한다

자기공명

이 가는 소리 같기도 했다

톱니에 뼈가 갈리는 소리도 같았다

부딪치며 바퀴가 삐거덕거리며 굉음을 내기도 했다

자기공명磁氣共鳴 기계 MRI,

뚜껑까지 닫힌 관속에서 세계가 내지르는

모든 소리들이 차례차례 재생되는 듯했다

엎어져서

동그랗게 뚫린 숨구멍에 댄 가슴이 요동쳤다

살려주세요, 나 좀 살려주세요, 밖으로 꺼내주세요, 제발

밖과 유일하게 연결되어 있는 출렁이는 생명줄,

하마터면 누를 뻔 했다 마지막 비상벨,

튜브 줄 끝에 매달린

지구 같은 공 하나 붙들고

누를까 말까 망설이는 사이

자기공명自己共鳴이라니,

그렇다면 저 소리는 내 몸에 새겨진 소리의 문신,

이리 가자 아니다 저리 가자 갈팡질팡

이게 옳다 저게 옳다 밀고 당기는 소리란 말인가

대체 내 안에 내가 얼마나 많기에 아직도 끝나질 않는가

공명이 끝나지 않는 수많은 갈래의,

보이지 않는

자기장 속에서 나는 질문하기 시작했다

너는 누구니?

주름이 파헤쳐지면서 튀어나오는

제각기 다른 소리들에게

내가 밖이라 착각했던 유일무이한 세계에게

아가야, 네 집은 어디니?

내가 가지고 놀다 버린 하얀 돌멩이와

무덤가 맨질한 비석과 시들어 빠진 삐비꽃에게

어느새 살갑게

광채 속에서 절뚝거리며 까슬한 입들이 걸어오고 있었다

봄날 친구들과 구워 먹은 보리잎들이 킥킥대고 있었다

밖으로 튀어나온 연둣빛 보리알갱이들이

아가야, 진짜 너는 무엇이니?

인류, Human Being

한겨울, 염소자리 ;

소호순 여사가 왔다

스무 살 재수 시절부터 들락거리며 밥 얻어먹던

사십 년 지기 친구 엄마가, 보무도 당당하게 들어섰다

가파른 언덕길 오른 땀 배인 배낭 속에서

김장김치와 겉절이 장조림 내가 좋아하는 파김치 낙지젓

황금빛 광채를 입은 호박죽들이 보따리 보따리 튀어나왔다

엄마, 엄마 뭐해, 엄마 어딨어, 자꾸 부르다 보니

오래전 가신 울엄마가 살아 돌아온 것 같았다

밥맛이 절로 났다

먼지 털고 수세미와 걸레와 행주 들고 들락날락하던 엄마는

집안 곳곳을 반짝반짝하게 해놓고

나 간다, 하고 가셨다

수술하고 퇴원한 지 한달째였다

아직도 겨울, 물병자리 ;

아침 식전 문 두드리는 소리가 났다

아랫집 어매가 국솥을 들고 서 있었다

노랗고 동그란 토란이 새알처럼 굴러다녔다

육개장이었다 어매는 잠시 기다리라더니

대추와 은행과 밤 팥 콩이 가득한 찰밥을 솥째 들고 왔다

정갈한 행주 두 장이 양은 솥 귀퉁이를 덮고 있었다

옆집 언니가 무장지와 오이지 파래고추장구이와

내 몫으로 담가놨다는 김치통들을 밀개차로 싣고 왔다

아직도 지워지지 않는 매직 냄새,

목에서 명치 밑까지 종선으로 주욱,

양 겨드랑이 사이로 횡선 주욱, 가슴에 십자가를 긋고,

모눈종이가 되어버린 알몸 위로 환영처럼

은하계가 돌아가는

서른 번의 방사선치료 마치고

돌아온 지 열흘째였다

봄이 오는 길목, 물고기자리 ;

한밤중 내가 신음할 때, 물 적신 손수건 갈아가며

입에 물려주고 이마를 짚어보며,

새 나오려는 근심 감추고 웃어 준 사람은

집도 절도 없는 사람들이었다 내가 쫓길 때

거두어주고 재워준 사람들은 별 볼 일 없는 사람들이었다

만화가게 주인이나 달방 사는 노가다거나,

잔돈푼 주고받는 그들이 내게 슈퍼맨이었다

허기질 때 먹여준 사람들은 법전이나 성경처럼,

두꺼운 책 같은 거 안 읽는 사람이었다

못 읽는 사람들이었다

가난과 문맹은 나의 상전,

그들의 손과 발이 기도고 책이었다

그들이 하늘이고 밥이고 시였다

드디어 봄, 양자리 ;

깃발 들 때가 되었다 다시

제대로,

전사처럼 올라오고 있었다 하루가 다르게

묘목이 솟구치고 있었다

오늘 아침 장독 위에 놓여 있었다 숲에서 자라는

고추나뭇잎과 엄나무 새순과 오가피와 가죽나무 새순

누가 두고 간 지 모르겠다

내가 모르는 하늘들,

거름 속에 숨은 씨알만큼 많을 것이다 살아서 하늘을 만났

으니

다 이루었다,

나는 인간, 어디로 날아갈 필요가 없다

인간으로 살다 인간으로서 돌아갈 것이다

여름이 오고 있다, 쌍둥이자리;

비 한소끔 뿌리고 간 오후

호미처럼 엎드려 땅을 팠다

밤새 풀도 흙을 파고 올라왔다

명아주를 팠다 뿌렝이 사이 지렁이도 날씬하게 흙을 파고

있었다

가시투성이 환삼덩굴 뜯어내는데

덩굴장미 담장 너머에서 웃음소리가 들렸다

오늘은 우정인 어매 집앞에 방앗간을 들였나 보다,

쟈는 맨날 엎드려 풀농사만 짓는가벼,

흉허물도 얹어가며 박자 맞춰 공중에 울려퍼지는 웃음소리,

한때 젖먹이였고 어느 한때 정인아, 인자야, 대열아, 승분아,

부르면 부리나케 집으로 뛰어 들어갔을 소녀들이

담장 뚫고 나를 지나 흙속으로 때구루루 굴러들어간다

한때 영자 씨, 금례 씨, 영구 씨, 영희 씨, 정희 씨 미숙 씨,

부르면 다소곳이 고개 들던

아가씨들 곱게 딴 댕기머리 위로

떠꺼머리 총각들 휘파람 소리 지나간다

엊그제 같은 시간들이

탁 트인 공중에서 울려퍼지고 있다

세상에 못 이길 장사가 한여름 풀이랑께,

굽은 호미도 방앗간 피대 위에

말씀이 깃든 흙 한줌 보탰다

끙, 허리에 힘주고 한 움큼 뽑아올릴 때마다 때맞춰

바람이 불었다 지난겨울 덮어둔 억새밭 뚫고

분홍달맞이가 솟구치고 있다

나는 한낱

위대한 풀이었다

저마다 팔랑거리며 반짝거리는 은사시나무

한 그루에 핀 빙빙 도는 이파리

과거도 현재도 진행형인 인류,

Being Being Human Being,

멀어졌다 가까워졌다 곡조가 들려왔다

빙, 빙, 빙…

침묵으로 가득한 무한공간이,

상형문자를 그리며 패인 흙이

둠, 둠, 둠…

어루만지고 있었다 갓 눈 뜬 씨눈들을

굽은 손가락들을

생각하는 발

발이라 불렀다 앞집 어매는

마늘 끝에 오종종 돋아난 지네 발 같은 뿌리

가지런히 줄 맞춰 난 마늘 끝 흰 뿌리,

이빨 같기도 하고 발 같기도 한 마늘을 쪼갠다

지구가 집이었다 옹달샘도 작은 언덕도

수백 줄기로 부서지는 폭포도

저마다의 집이었다

인류에게도 하나의 뿌리를 가진 나무가 있었다

생명의 나무 한 그루가 여기저기 가지를 뻗으며

잎 틔우고 꽃 피우고 새와 벌레가 깃들 자리를 내주었다

뇌보다 발이 500만 년 빨랐다

700만 년 전 침팬지 종으로부터 떨어져나온 호빗,

호모 플로렌스는 숲의 식솔이자 정령

침팬지 정도의 뇌를 가졌으나 1만 년 전까지 생존했다 다른

종들과 어울려

지구에 불을 피운 종족이 나타난 것은 1백만 년 전이지만

두 다리로 걷기 시작한 것은 600만 년 전

뇌가 작았던 호모하빌리스도 2백만 년 전 석기를 사용했다

걷는 만큼 생각하고 생각한 만큼 진화했다

걸어가야 악수하고 포옹할 수 있었다

살아났다 걷다 보면 일어날 힘이 없어도

과거가 살아나고 미래가 보이고 지금이 깨어난다

발이 본다 바닥에 붙은 코딱지풀

바닥과 결코 결별하지 못하는 발이 생각한다 맨눈으론 보이지도 않는

뱃속의 억조창생이 뇌를 움직인다

작대기 두 개,

헐벗은 나무 두 그루 같은 11월

작년을 쪼갠다

한 해가 걸어가 내년을 낳았다

발 달린 마늘 마음이 벌써 마늘밭에 가 있다

두리반 식당
-코로나5

아주 오랜만에, 회식 손님이 잡혔다고, 우리도 예약했지만 오랜만에 돈 좀 벌라고, 두리반 맞은편 카페 네모난 탁자에 모여앉아 '박영근 작품상'이라는 상금도 백만 원 주는 거창한 심사도 하고, 옆집에서 주꾸미 삼겹살에 술도 한잔 들고, 늦었지만 언제 볼지 모르는데, 얼굴은 한 번 더 보고 가야지,

다시 두리반으로 돌아가자, 소설가이자 남편이자 서빙맨인 유채림 씨가 청소하다 나오고, 부인 안종려 씨가 설거지하다 뒤따라 나오고, 아홉 명이 두리반처럼 동그랗게 둘러서서 이야기 나누는데

엊그제 좋은 일 있었다고, 2월부터 월세 못 내 독촉받고 있었는데, 10년째 그 자리에서 밥장사하면서 월세 한번 밀린 적 있었냐고, 건물주와 여차저차 이야길 주고받다, 바로 어제 월세 30프로 깎아주기로 했다고, 장편 쓰는 속도로 느릿느릿한

유채림의 소설을 듣고 있는데,

　주방장이자 부인이자 찬모인 안종려 씨 손이 시보다 짧고 빠르게 내 주머니에 들어오는데, 이제 아프지 말라고, 잘 먹고 기운 내라, 는 시가 귓가를 스쳐 가는데, 돈 봉투가 분명한데, 꽉 잡고 있어서 내 주머니에 내 맘대로 손도 넣지 못하고, 월세 5십만 원 줄었다고 애들처럼 신나서 떠드는, 공중에 쓰고 있는 소설을 들으며, 삐질삐질 눈물은 삐져나오는데, 안종려가 생산 중인 웃음 달린 시만 들이키는데,

　코로나 이전부터 아픈 지구처럼, 코로나 이전부터 병든 내가, 오늘 밤을 맞이하는 것은 남몰래 주고받은 보이지 않는 마음 때문이 아닐까, 코로나 이전부터 가난한 우리가, 내일 다시 눈을 뜨리라 믿는 것은, 오늘 하루 삼킨 눈물 섞인 웃음이라는

음식 때문 아닐까, 몸으로 그어나가는 한 줄 획, 오늘 밤 별만큼 많은 지상의 숱한 무명씨, 이름 모를 자들의 숨결 덕은 아닐까, 매일매일 몸에서 뽑아낸 보이지 않는 소설, 여럿이 둘러앉아 나눠 먹은 둥근 밥상 때문은 아닐까,

셔터 내려진 가게 즐비한 서울의 별은 짱짱하게도 빛나는데, 별처럼 두리반처럼 눈물은 둥글다, 14년 전, 거의 굶다시피 지구를 떠난 가난한 시인, 박영근이 별자리에 누워서 중얼거리는 듯하다.

나무 아래로
-김종철 선생님을 추모하며

아버지가 가셨습니다 하늘 같은 우리들의 아버지가

후배 앞으로 성큼 다가와 손 내미시던 모두의 형이자 오라
버니가

삼만 원짜리 구두 하나 샀는데 발이 너무 편하다고

낡아서 빛깔도 흐려진 구두를 신고 길거리에서 아이처럼 깡
충깡충 뛰던

소박하고 자애로운 우리 모두의 친구가 가셨습니다

한달걸러 밥과 술 사주며 폼잡지 말고

베풀고 서로 관심 가지고 살자던 동지가 가셨습니다

따끔하게 혼내고 따스하게 안아주시던 스승,

농촌과 농업과 뼈아픈 농민들을 위해 건배하시던

대지의 큰 벗이 머나먼 길 떠나셨습니다

보이지 않는 왕관, 코로나

세계가 죽음을 향해 나자빠지는 소용돌이 속에서

비행기 바퀴 구르는 소리가 일각도 멈추지 않는 이명耳鳴,

그것은 머리가 아니라 가슴만이 아니라 대지가 온몸으로 절
규하는 귀울음,

우리는 이 악물고 희망을 시작하지 않으면 안 됩니다

혼신으로 외치던 물과 나무와 헐벗은 자들의 벗이

나무 아래로 가셨습니다 홀로

울지 마라, 히말라야 머리가 깨지고 알프스 가슴이 풀어 헤
져지고 있다

울지 마라 나를 위해 울지 마라, 남극 빙하가 피눈물 겹겹 흘
리고 있다

시베리아가 불타고 있습니다 어금니를 깨물고라도 불타는

시베리아를 위해 우십시오,

  걸신들린 탐욕으로 찢겨져나가는 자들을 위해 통곡하십

시오,

  밤새 겨울이 와버린 6.25

  느티나무 아래서 봅니다

  나무의 실핏줄이 한사코 논배미 쪽으로 내려가는 것을

  나무의 혈관이 한사코 물가로 기울어지는 것을

  수천 수만 잎들이 흔들리며 푸른 노래가 새어나옵니다

  제 자리에서 제 몸을 희망의 장소로 만들어간 한 그루 나무

  짙푸른 아버지의 책,

《녹색평론》[*]

한 해, 두 해,

열 해, 스무 해, 스물아홉 해

매질당하고 죽어가면서도 말할 입술이 없는

짓무른 민중의 발에 귀를 대고

잿빛 돌속에서 키워낸 씨알들의 책,

뿌리에 써 내려간 살아 있는 말

한 알의 씨앗이 부채살 천 개인 그늘이 되기까지

비와 눈과 햇살 받아먹으며 때로 천둥 번개 속에서 빚은 시

* 《녹색평론》은 격월간 잡지로 1991년 11월 김종철 선생이 사재를 털어 창간한 이
래, 29년 동안 173호까지 한 번의 결호 없이 발행하면서 지역화폐, 기본소득, 시민
의회 등 민주주의와 생태와 소농과 협동자치를 결합한 현장에 기반한 현실적 대
안들을 제시하면서 공생공락과 근대문명을 넘어서는 생태문명적 삶을 지향하고
실천해 왔다. 〈녹색평론〉은 전 세계에서 유일하게 독자모임이 있는 잡지로 알려
진 것만 해도 30개 이상이 있다. 김종철 선생은 2020년 6월 25일 아침 갑작스럽게
돌아가셨다.

간의 무늬

　한 그루 열 그루 백 그루 173그루…

　예전에 나는 들었습니다

　말속에는 씨알이 있어 한없이 자라고 있다고

　말은 던져진 돌, 우주 끝까지 동그랗게 퍼져 나간다고

　불안에 지쳐 돌아가는 도시 한가운데서도 우리는 들을 것입
니다

　바닥에 갓 도착한 미래의 말,

　대지의 숨소리와 바로 이웃인 말,

　엎드려 감자 심고 마늘을 캐다가도 우리는 볼 것입니다

　파르르 떠는 나뭇잎 뒤 보이지 않는 바람

　보이지 않아도 곁에 있는 당신의 숨결

흙의 심장에 빛을 가져다대고 있는 여전히

당신은 우리들 안에 살아 있습니다

무명

이름조차 인공스러운 인공지능병원 12층

공중에 떠 있는 빗줄기도 인공적이어서 복도에 갇힌 빗소
리가

팔뚝에 꽂혀 있는 링거줄에서 떨어지는 수액 같았습니다

고층에서 떨어져 죽은

평생 노가다만 하다 간 시인 얼굴이

언뜻 유리창에 비치는

귀신이 나뭇가지를 쥐어뜯는 축시丑時,

빨간 신호등 앞에 서 있는 젖은 오토바이와 차들이

듬성듬성 저세상 같았습니다

앉을 수도 누울 수도 없는,

거세게 심장이 펌프질하는 시간,

180mmHg 넘어 압을 올려 가는 초침

신음처럼 입에서 흘러나오는 시

지금 빗속을 날고 있는 미착륙의 시,

나는 달렸습니다 푸른 새벽의 말

금빛 말고삐 하나 잡고,

땅과 하늘 사이 무엇이 있을까요

시간을 먹고 사는, 늘 배고팠던

냉장고에서 떨어진 유리그릇이 찍은 새끼발톱 위 상처보다

짧은

1cm도 안 되는 가느다란 선 -

1962.1.17 -

뒤는 모르고

다시 가는 그 순간까지 모르고

가버린 다음에도 모르고

미완의 내일이 점 하나 사이에

어제가 되는 지금

내가 나를 장례 시켰습니다 눈을 떴습니다

무명이 나를 결정해갑니다 나는 지워져 가고

무지와 어둠이 나를 탄생시키고 있습니다

용서하세요,

너무 적은 것에 대하여 너무 많은 말을 했습니다, 나에 대해[*]

---

[*] 파울 첼란 『아무도 아닌 자의 장미』 "너무 많은 것에 대하여/ 너무 적게 말했습니다, 당신에 대하여."

시인노트

방주에 실린 해피랜드

보이지 않는 왕관, 코로나

사람이 사람을 만나지 못하다니. 일찍이 경험하지 못한 세
상이 내 앞에 펼쳐지고 있다. 사람이 사람을 피해 멀찌감치 돌
아가다니. 전 세계가 키스를 멈춘 듯하다. 모여서 함께 먹으며
웃고 떠들었던 게 기적인 것만 같다. 가리지 않은 얼굴만이 평
등했던 얼굴 반 이상을 가리니 몰골이 말이 아니다. 웬만큼 익
숙한 사람 아니면 알아볼 수도 없다. 탈이 나도 단단히 난 듯하
다. 발밑에 비말 마스크를 덮은 백합이 수상한 발밑을 내려다
보고 있다. 헬멧에 마스크까지 쓴 오토바이들만 부리나케 가
파른 골목길을 올라가고 있다. 꽁지와 다리에 의료용 마스크
를 쓴 새들이 새파란 하늘을 날아다니는 모습이 얼핏 보이는
듯하다. 마스크가 다리에 걸린 채 허우적거리는 거북이도 지
나간다. 뉴스가 공포의 통계수치로 도배되고 '코로나'가 하루

102

에도 수백 번씩 머릿속을 지배하는 단어가 되었고, 대한민국은 물론 세계의 숫자를 확인하는 게 일상이 되어버렸다.

문명과 상관없이 살아가는 아마존 숲에서 원주민이 들것에 실려나오는 것을 본다. 지구의를 돌리며, 인도, 브라질, 인도네시아, 방글라데시아…, 수많은 나라의 곡성을 듣는다. 약속했다가 늦춰지고 미뤄지고 하다 보니 이제 기약 같은 것도 하지 않게 되어갔다. 코로나가 철썩같이 믿은 시멘트를 쪼개고 있다. '잘살아보세' 새마을 노래를 부르며 질주하는 동안, 우리 집 자물쇠를 이중삼중으로 잠그고 안에만 처박혀있는 동안 진짜 갇히게 되었다. 성장과 발전과 개발의 확성기를 틀어놓고 있는 동안, 나가고 싶어도 거리와 광장과 일터로 나갈 수 없게 되었구나. 숟가락 부딪치며 함께 나눠먹던 갈치찜도 동그란 그릇에 사이좋게 줄서 있던 아구탕도 물 건너갔구나. 남의 손

발로 시켜먹으며 갇힌 아파트먼트에 목매는 동안 발목도 삐거
덕거리고 공원에조차 나갈 수 없게 되었구나.

자기공명

몇 달 사이 CT와 MRI라는 기계 속에 몇 번이나 들어갔는지
기억나지 않는다. 통속에 들어가기도 하고 통이 나를 향해 다
가왔다 돌아갔다. 어떤 것은 지가 알아서 돌기도 한다. 내가 들
어가는지 기계가 멀어졌다 다가왔다 했는지도 헛갈린다. 지구
의 같은 구멍 하나에 가슴을 대고 시키는대로 엎드린 내게 마
지막 뚜껑까지 닫았다. 말랑말랑한 공 하나 쥐어주며 정 못 참
겠으면 공을 누르라고. 유일하게 밖과 연결되어 있는 가는 튜
브줄 하나. 내 몸의 원자에 핵자기 공명을 일으켜 컴퓨터로 그
림을 보여준다는 MRI, 통속에서 이 갈리는 소리가 들렸다. 톱

니에 뼈 갈리는 소리도 들렸다. 내 몸 안에 있는 것들끼리 삐그덕대며 부딪치는 소리가 감추어두었던 내 마음 속 소리로 재생되는 듯했다. 하마터면 누를 뻔했다. 튜브 달린 생명줄, 지구를 닮은 공 하나 꼭 잡은 채 몇 번이나 꺼내달라고 구원요청을 할 뻔하는 사이, 쉼표가 생겼다. 磁氣場이라니. 갑자기 자기磁氣가 자기自己로 느껴졌다. 나 때문인가, 내가 아프고 야단스런 세상에서 사는 이유가. 내 안이 공명해 나는 소리를 세상이 요란하다고 착각하고 살았는가. 그렇다면 세계가 아픈 건 나 때문 아닌가. 보이지 않은 자기장 속의 불협화음, 수많은 갈래의, 보이지 않는 자기장 속에서 나는 질문하기 시작했다. 아가야, 너는 누구니? 내 안의 주름이 파헤쳐지면서 튀어나오는 제각기 다른 소리들에게, 내가 밖이라 착각했던 유일무이한 세계에게. 아가야, 아가야, 진짜 너는 무엇이니?

구조의 시대

이상 기후가 이상하지 않음을 넘어, 기후 위기라는 우울증이 튀어나오고 있을 즈음, 선배가 한낮에 전화를 걸어왔다. "구원이 아니라 구조의 시대야, 방주의 시대, 지금은 구조하는 사람이나 구조 당하는 사람이라도 똑같애, 글쎄 같은 배 타고 서로 구조를 한대, 지금은 구조할 시간이 없어, 구원의 시대엔 구원하겠단 사람이 있고 구원 당하는 사람이라도 있지, 네가 말한 게 그거잖아, 평생 말한 게. 난 있잖아, 예수 공자 석가모니 … 인류를 구원한다던 이 새끼들이 난 너무 부러워, 이 새끼들은 말을 할 수가 있었잖아, 너희들 이렇게 해라 애들아 저렇게 해라, 어쩌고 저쩌고, 구원을 말할 수 있는 시대는 얼마나 행복해, 희망이 있었잖어. 내가 이렇게 낮술 먹고 헛소리하는 이유는 다 끝났어, 겉으로는 희망이 있습니다, 어쩌고 저쩌고

하지만, 구조할 수가 없어, 호주에 산불이 6개월이 넘어도 안 꺼지잖아, 이 불 어떡해, 불을 끌 수가 없어. 예수가 왔다 쳐, 부처가 왔다 쳐, 아무도 못 구해 준다고⋯"

 콘크리트와 철골에 들이부은 기름들과 베어진 나무들이 화약고가 되어 숲이 불타고 있다. 알프스 빙하가 갈라지고 히말라야 지붕이 깨지고 시베리아가 내 눈앞에서 불타는 환영이 보인다. 남극 빙하가 갈라지며 붉은 속살을 켜켜이 드러내고 있다. 우정과 환대와 품앗이를 아스팔트로 도배하지 않았더라면, 우리가 갓 돋아난 묘목과 뿌리 깊은 나무를 내버려두고, 굽이치는 강줄기에 보와 벽을 쌓고 금모래 은모래를 파헤치지 않았더라면, 수고하지 않은 자들이 숫자로 숫자를 얹어, 0000000⋯ 쉼표도 없이 무한히 늘어나는 계산법으로 불려먹지 않았더라면, 우리 자식들이 물과 불속에 갇히지 않았을 것을. 어깨동무와 강강술래하는 연대와 우의로 따스한 일과 놀이의 손을 우리가 풀지 않았더라면. 물 한 대접 떠놓고 천지신명께 빌며 바라보던 달이 월급과 월말정산과 월세의 숫자가 되지 않았을 것을.

시 쓰고 책 내면 뭐 하니… 전화 속 목소리가 다시 나를 울린다. 대지에 뿌리 처박지 않은 나무는 고사한다. 가슴이 포개지지 않는 진보는 뽑힌다. 민중 속으로 다리를 뻗지 않는 투사는 투항당한다. 통계수치만 들여다보는 정신 나간 물신들의 행진, 현대문명이라 불리는 컴퓨터 속의 대차대조표, 나는 질문한다, 고로 살아있다. 군홧발이 목을 조인다. 나는 항거한다, 고로 존재한다.

엎드려 읊조리다

시라는 것이 다큐만 못하단 생각이 들 때가 많다. 아니 어떤 시도 현실보다 아프거나 슬프지 않다. 먹고살기 위해 폭포가 쏟아지는 절벽 위로 물고기를 잡으러 가는 사람들을 보면. 처자와 부모를 굶어죽이거나 죽음을 각오하거나 둘 중 하나를 날마다 결단내려야 살 수 있는 삶을 보면. 호랑이가 어디서 출몰할지 알 수 없는 맹그로브 숲으로 꿀 따러가는 사람들과 동굴 속 50미터 줄 타고 올라가는 사람들을 보면. 죽은지도 모르고 엄마 젖꼭지를 빨고 있는 애기를 보면. 우리가 게걸스럽게 먹어치우고 싸돌아다니고 내다 버리는 동안 말과 소와 양들은 폭설로 죽어 나자빠지고 문명의 바퀴에 으스러져 양을 몰던 소녀의 엄마와 12살 '푸지에'는 약 한번 못 쓰고 죽어가고 있었다. 필리핀 해피랜드에서 11살 '믹'은 천대를 받으며 질주하는 트럭에 올라가 철구조물을 훔치고 있었다. 녹슨 못에 찔려 피흘리다, 프란시스는 8살이 되어보지 못하고 죽어가고 있었는데, 시는 대체 무슨 쓸모가 있는 물건인가. 인도네시아 '나디아'는 밤새 쓰레기산을 헤치며 쓰레기 보물을 줍고 학교에 가 신이 불공평하다고 엎드려 울며, 내가 투정하면 신이 저를 싫어하겠지요, 읊조리고 있는데 신이란 도대체 무엇인가. 전쟁 속에서 천막 안에서, 배 위에서, 갇힌 트럭 안에서, 난민촌이 불타는 것을 망연히 보며 알라와 주여를 외치는데.

다행인지 불행인지 나는 신을 아직 보지 못했다. 신의 발뒤꿈치도 보지 못했지만 어쩌면 아주 자주 신을 부르고 있었는지 모른다. 그래서 이웃과 친구와 동지 형제들과 풀과 나무와 곡식과 꽃들을 신이라 여기게 된 지 오래다. 가난과 슬픔과 배고픔과 고통은 대체로 종합선물세트 과자처럼 한 꾸러미로 들어있으니, 시는 내게 나디아와 믹과 프란시스와 푸지에를 생각하고 때로 애도하는 일이다. 울지도 말하지도 못하는 입들에게 미안해하는 일에 다름 아니다. 그러나 내가 정말로 미안한 것은 텐트 공장에서 잔업이 이어지던 날, 점심벨이 울리자, 밥 대신 미싱대에 머리를 얹고 엎드려 자던 17살 현옥이와 영숙이와, 이틀을 철야하던 즈음 저녁밥 벨이 울리자 일어서다 기절해 잠바와 솜뭉치 사이로 쓰러진 순이의 진짜 얼굴을 한번도 제대로 보지 못했다는 것. 한달에 두번 쉬는 일요일 오후, 서점에 가서 신달자의 에세이와 강은교의 시를 보며 다시 미싱 밟을 힘을 얻었다는 그 마음을 헤아리지 못했다는 것. 그리고 수많은 현옥이와 영숙이와 순이와 순애가 있다는 것. 용서를 비는 순간 부끄러운 웅얼거림이 만일 시라 불려질 수 있다면, 나는 공들여 부단히 읊조릴 것이다. 희망이 없어도, 구원이 물 건너갔다 해도, 구조가 일상인 세계 안에서, 나는 입술을 깨물고서라도 신음처럼 모음만 새어나온다 할지라도, 지구라는 방주에 탄 해피랜드의 오늘을 바라보고 기억하고 기록할 것이다.

무명無明

수술실에 실려가자 냉동실 같았다. 이동식 침대에 뉘여져 오들오들 떠는데 의사 같아 보이는 젊은이가 내 입을 벌리더니 이 개수를 셌다. ○○개인지 아세요? 몰라요. ○○개입니다. 그런데 하나, 아니 두 개가 흔들리는데 아셨어요? 몰라요. 마취 풀려 깨어날 때 이 호흡기를 세게 깨물면 흔들리던 이가 빠질 수도 있어요. 인생이 사소한 농담의 연속인 듯싶었다. 마취로 못 깨어날 수 있다면서, 한가하게 이빨 타령이라니. 이 와중에 설마 깨진 이빨 변상하라고 할까. 메뉴얼대로 체크하고 알려주는 젊은이가 애처롭게도 여겨졌다. 수술실 하늘만이 이 세상 것이 아닌 것처럼 뜬구름으로 환하게 빛나고 있었다. 마취제 하나 맞았을 뿐인데 내가 없어졌다. 시간이 뭉텅 사라졌다.

깨어나긴 했는데 수술 부위와 상관없는 부위들이 반란을 일으켰다. 머리 통증과 함께 혈압이 극심하게 올라가면서 심장이 밖으로 튀어나올 것처럼 급박하게 뛰기 시작했다. 혈압강하제와 진통제를 써도 내려가지 않자, 나는 요주의 환자가 되고 말았다. 간호사가 1시간마다 와서 재더니 30분만으로 당겨졌다. 절대 안정을 취하셔야 해요. 누워 계시라니까요, 더더욱 말 안 듣는 문제환자가 되어버렸다. 심장박동이 더 위협적으로 느껴져 누울 수 없다는 사정은 말할 수 없었다. 링거 줄 줄 줄이 매단 채 오십 명이 넘게 입원해 있는 12층 복도를 몰래 걸었다. 이름도 인공스러운 인공지능병원 12층 복도 창밖에 비가 오고 있었다. 빨간 신호등 앞에 서 있는 젖은 오토바이와 차들이 듬성듬성 저 세상 같았다. 앉을 수도 누울 수도 없는, 거세게 심장이 펌푸질하는 시간, 180mmHg 넘어 압을 올려가는 초침소리, 신음처럼 입에서 시가 흘러나왔다. 탄생과 죽음 사이 무엇이 있었을까. 있을까. 냉장고에서 떨어진 유리그릇이 찍은 새끼발톱 위 상처보다 짧은 줄 하나. 묘비가 있다면 새겨질 1cm도 안 되는 가느다란 선 - . 불안과 공황에 가까운 심리상태로 유리창을 보고 있으니 얼마 전 고층에서 떨어져 죽은 시인이 어른거렸다. 어쩌면 스스로 떨어질 수도 있겠다 싶었다. '스스로'라는 게 모두 다 자기 결단은 아닐 것이다. 삶과 죽음 사이의 1센티에 잠겨있던 문제환자는 간호사한테 걸려서 강제로 침대로 옮겨졌다.

자포자기한 채 눈을 감고 심장과 배에 가만히 손을 얹고 심호흡만 했다. 다른 것을 할 게 없었기에. 문득 불빛이 환해지는가 싶더니 분명 내 손인 듯한데 나보다 훨씬 크고 밝은 손이 뜨거운 열을 내뿜었다. 그 손은 서너 차례 이동하면서 빛을 내뿜는 용광로가 되어 갔다. 정신이 아득해지고 황홀하기도 해서 눈을 뜰 수가 없었다. 뱃속이 뜨거워졌다. 수면제로도 못 자던 잠을 잠시잠깐 동안 잔 것도 같다. 쪼개고 분석하지 않아도 알 것만 같았다. 빛을 이해하지 못해도 모두가 빛 속에서 빛 덕에 살아 있듯이, 생명이라는 것, 내 안에 숨어 있는, 내밖에 무한히 그물쳐 있는 연결고리를. 누가 평생 쉬지 않고 호흡을 했을까. 누가 쉬지 않고 심장을 펌프질했나. 누가 나를 여기까지 데려왔나. 내가 나를 장례시킨 무명의 시간, 나는 아무것도 모른다. 나는 지워져가고 무지와 어둠이 나를 탄생시키고 있었다. 시간이 얼마나 지났는지 모른다. 간호사가 내 어깨를 흔들었다. 혈압기를 대더니 활짝 웃었다. 아, 확 내려갔네요. 안도의 한숨처럼 무언가가 울컥 흘러나왔다. 용서하세요, 너무 적은 것에 대하여 너무 많은 속엣말을 했습니다, 나에 대해. 너무 못 했습니다, 내 안에 이미 들어와 있는 수많은 존재들에 대해.

그까짓 것, 것들

몸이 내 의지대로 안 되니 먹을 것에 신경이 쓰인다. 하루의 반이 먹을 것으로 채워지는 것 같다. 아프니 먹거리에 몸이 바로 반응한다. 인간 역시 동물일 뿐이라는 것을 실감하며 토마

토를 썰다 잠시, 빛에 비추어본다. 벌어진 살 속에 어금니 같기도 하고 칼 같기도 씨앗들이 말갛게 박혀 있다. 단단한 비트를 썰다 들여다본다. 동그란 나이테 같은 게 동심원을 그리고 있다. 어지럽다. 양배추를 썰다 이리저리 돌려가며 들여다본다. 뿌리와 이어진 부분과 중간중간 솟은 단단한 산맥들이 얇고 말캉말캉한 잎들 사이에 심지처럼 박혀 있다. 당근을 썰다 속으로 갈수록 주황빛이 연해지며 연푸른 기운이 비치는 고갱이를 물끄러미 들여다본다. 자기답게 자기를 복제하며 그 모양 그 색깔과 향취로 자라난 생명체들을. 몸이 돌아가며 여기 아파, 저기 아파, 번갈아가며 소리를 질러대니 먹을 것에 납작 엎드리게 된다. 들어가는 것이 나오는 것이구나. 나오는 것이 들어간 것이기도 하구나. input과 output 사이가 하나의 몸통으로 이어져 있구나.

뻣뻣한 미역귀가 한 양푼 물을 만나자 두툼한 귀들이 꿈틀거린다. 켜켜이 접혔던 귀가 퍼지며 미끌한 진액이 되어 간다. 안으로 첩첩 포개진 귀들이 밖으로 풀어지며, 바다가 펼쳐진다. 점액질의 비릿한 노래가 들린다. 멈추어 바라보는 순간 고이는 침묵의 소리. 귀 하나 퍼질 때마다 스며 나오는 음표들의 행진, 음과 음 사이, 들숨과 날숨 사이, 물결표~가 있었다. 나와 당신, 모든 당신들의 숨결 ~ 물결표가. 끈적한 바다가 방울방울 맺히고 있다. 그러고 보니 미역귀는 뿌리가 아니던가. 귀가 뿌리라니. 흔들리는 미역 잎들을 지탱하려 심해 암석에 달라붙어 있던 미역귀가 점액질의 방울로 내게 말을 건다. 언젠가부터 난청이 된, 내게 귀를 열라고. 일방향으로 말하는 유튜브와 SNS 한가운데서 나는 실시간으로 내 앞의 것들의 소리를 듣고 있다. 물질이자 영혼이며 유일무이한 존재로서 나를 살리기도 하는 세계의 소리를.

신문지 위로 쏟아진 굵은 멸치 한 박스 속, 수백 개의 횅한 눈알들이 나를 올려다보고 있었다. 예전엔 멸치 다듬을 때면 어린 딸아이가 멀찍이 떨어져 물어보곤 했다. 엄마, 저 눈이 나를 봐? 등이 갈리고 머리가 잘리고 내장과 뼈까지 발겨지는 비린내. 머리가 떨어져서도 감지 못하는 눈, 그 눈을 보는 눈, 두어 걸음 뒤에서 조심스레 묻던 질문은 이제 생략되었다. 저 말 없는 것들이 김치볶음과 단무지만 있던 도시락 그릇을 채웠다. 저 입이 닫힌 것들 대가리가 무와 양파와 함께 끓고 있는 가난한 밥상머리를 구수하게 물들였다. 그 작은 은빛 몸체들이 곡괭이와 용접기와 호미를 쥔 광부와 선반공과 농부의 굽은 무릎과 손가락 마디마디 단단한 뼈가 되어주었다. 으샤으샤 함께 멸치그물을 털던 어부들처럼, 말없이 문 앞에 박스를 놓아두고 간 택배기사처럼. 멸치는 행어行魚, 끝없이 행한다. 한 몸체가 되어 춤추며 거대한 물고기를 피해 나아간다. 스스로를 살려 남을 먹여 살리기도 하며, 밟고 지나가도 다시 꼿꼿이 고개 드는 질경이 방구쟁이, 눈에도 안 띄는 땅빈대풀…. 그까짓 것, 것들이. 뽑아도 다시 올라오는 개망초와 명아주여, 가난한 시여, 그대는 뽑혀도 다시 머리 디미는 잡초 사이에서 태어나고 있구나.

글쓰기는 혁명이다

"혁명이 문학적 망상에 의해 이루어지는 일은 결코 없다." "혁명은 문학적인 것이 아니다." "문학이야말로 혁명의 본질이다." "혁명은 문학으로부터만 일어나고 문학을 잃어버린 순간 혁명은 죽는다." "읽기와 쓰기, 그것은 혁명이다. 우리는 혁명으로부터 왔다."

다소 파격적이고 이율배반적이기도 한 위의 5가지 명제는 같은 사람 입에서 나온 말이다. 사사키 아타루는 세계사의 큰 혁명과정을 통해 위의 말이 진리임을 규명한다. 그는 후쿠시마 원전이 터진 3.11 이전의 세계와 후쿠시마 원전이 터진 3.11

이후의 세계로 구분하고 있다. 그는 3.11 이후의 세계에서 문학과 예술이 무력하다고 말한다. 그러나 어느 역사 어느 시공이나 문학과 예술은 무력하긴 했다. 하지만 그 무력함을 치열하게 느끼는 순간, 우리는 펜을 들게 된다. 미래의 아이들을 위해, 나 자신을 위해, 이 세상은 바뀌어야 하니까. 예수가 그리스도교를 말하지 않았듯이, 루터 또한 개혁이니 프로테스탄트라는 말은 하지 않았다. 세상이 강제하는 법과 성서와 도덕과 삶에 의문이 생겨 읽었을 뿐이라고. 반복해서 읽고 읽다 결국 쓰고 말았다고. 그것이 혁명이자 또 다른 혁명을 가져왔다고. 읽고 쓰는 것, 이것이야말로 정보를 둘러싼 착취의 구도를 파괴하고 모든 분야에 걸친 닫힌 영역을 열어젖힐 수 있다고 젊은 그는 말하고 있다. 이제 코로나 이전과 이후로 역사에 굵은 선이 그어지고 있는 듯보인다. 치열하게 무력한, 무력함을 치열하게 느끼는 이 정신을 우리는 어디에 쓸 것인가.

텍스트(Text)는 피륙(Texure)과 같다. 텍스트는 인공지능 속에 담긴 문서가 아니다. 살아 있는 세계의 실로 가로와 세로를 몸으로 짜는 것이다. 문학은 종이와 컴퓨터에 쓴 것으로 제한되지 않는다. 내가 체험하고 울고 웃고 먹고 마시고 사랑하고 낙망하고 우울하고 두렵고 공포스럽기까지 해서 땀나고 눈물

나고 심장박동이 빨라지기도 하는, 이 신체라는 종이에 새기는 통 큰 노래를 총칭하는 것이다. 노래와 절규와 눈물과 웃음으로 춤추는 행위와 밭을 예쁘게 만들고 담장을 고르게 쌓기도 하는 모든 것이 예술로 취급되어야 한다. 우리의 글쓰기와 예술은 이 세계의 몸과 더불어 춤춰야 한다. 누에가 제 꽁무니에서 나온 실로 명주실을 남기듯, 살아 있는 글은 자신의 몸에서 나온 온기로 세상을 덮혀질 날개를 다는 일이 아니겠는지. 세계의 몸에 시시각각 새겨지는 상형문자를 아프고 때로 아름답게 바라보는 눈으로 쓰는 동안은 자신과 세계를 혁명하는 행위가 될 지도 모르겠다.

우리에게 희망이 없다고? 아니다. 우리에게는 헛된 희망에 저항하는 진정한 희망의 씨앗이 있다. 음, 음, 음. 하늘과 땅 사이에 울려퍼지는 심장 박동 같은 지구의 숨소리가 들린다. 우리의 적은 코로나가 아니다. 보이지 않는 병균이 아니다. 재해가 아니다. 이 모든 것을 만들어낸 것은 바로 우리 자신이니 이것을 벗어나는 것도 지금 여기에서 시작할 수밖에 없다. 몇 년 사이 어느새 훌쩍 자란 대추나무 옆에서 알아채지도 못한 채 자라고 있는 어린 대추나무를 보라. 소나무 옆에 떨어져 얼굴 내민 어린 솔나무를 보라. 우리 안의 불모지에 새 하늘 새 땅의 씨앗, 나무를 심자. 지렁이도 흙을 파고 있다. 미역귀도 심해의 언어를 듣고 있다. 멸치 떼도 떼지어 움직이며 은빛 언어를 돌리고 있다. 주름진 대지의 농부여, 씨앗 옆에 언어도 심으라. 아슬아슬 언덕길 오르는 택배노동자여, 오토바이 바퀴에 빛의 속도로 그대 가슴에 닿는 시도 매달으라. 몇원짜리 상품으로 팔리는 시는 죽어가지만, 그대의 심장 속에서 지금 시가 내뿜어지고 있다. 몸으로 책을 쓰는 노동자여, 책을 써라. 글쓰기는 우리 자신과 세계를 바꾸는 혁명이 될 수도 있다. 시름과 우울과 병에 끌려가는 시간이여, 확 트인 공간을 보아라. 나무와 나무 사이 벼포기와 벼포기 사이 곧바로 서 있는 수많은 여백 위에 단단하고 날카로운 낫과 같은 언어를 입히라. 사랑으로 심고 사랑으로 베는 말, 미래의 이삭 같은 말의 숨결을 불어넣으라.

인류

비 한소끔 뿌리고 간 오후, 호미처럼 엎드려 땅을 팠다. 밤새 풀도 흙을 파고 올라왔다. 지렁이도 날씬하게 흙을 파고 있었다. 담장 너머에서 웃음소리가 들렸다. 마을회관이 문을 닫으니 참새 방앗간이 옮겨 다닌다. 오늘은 우정인 어매 집앞에 방앗간을 들였나 보다. 쟈는 맨날 엎드려 풀농사만 짓는가벼, 흥허물도 없어가며, 박자 맞춰 공중에 웃음소리가 울려퍼진다. 세상에 없었고 한때 젖먹이였고 어느 한때 정인아, 인자야, 대열아, 승분아, 영자야, 영구야, 금례야, 부르면 부리나케 집으로 뛰어 들어갔을 소녀들 웃음소리가. 내가 아플 때 토란 둥둥 떠있는 육개장과 찰밥과, 갓 담은 김치며 나물 들고 문을 두드리던, 손가락 구부러진 어매들도 나도 한갓 위대한 풀이었다. 저마다 팔랑거리며 반짝거리는 나무 한 그루에 돋은 빙빙 도는 이파리였다. 과거도 현재도 진행형인 인류, Being Being Human Being, 멀어졌다 가까워졌다 곡조가 들려왔다. 빙, 빙, 빙… 침묵으로 가득한 무한공간과 패인 흙이 갓 눈 뜬 씨눈들과 굽은 발가락들을 감싸안고 있었다. 이 밭에서 십 리쯤 걸어가면 6,25때 저수지 옆 구릉에 태워져버린 70년 전 사람들이 구리비녀와 은비녀와 작은 뼈로 6.25의 뼈아픈 날들을 증거하고 있다. 저 어매들의 언니이자 이웃이자 당숙 고모들이. 어울려 흙 파고 품앗이하며 함께 울고 웃던 전근대 사람들이. 속은 뻥 뚫려 있는 아주 작은 부분에 불과한 지구 표면, 흙과 물에 기대어 하늘 우러르며 대지에 엎드려 살던 우리의 이웃이자 인류의 한 구성원들이.

한밤중 내가 신음할 때, 물 적신 손수건 갈아가며 입에 물려 주고 이마를 짚어보며, 새 나오려는 근심 감추고 웃어 준 사람은 나보다 가난한 사람이었다. 내가 쫓길 때 거두어주고 재워 준 사람들은 별 볼 일 없는 사람들이었다. 내가 허기질 때 먹여 준 사람들은 법전이나 성경이나 전집 같은 두꺼운 책 안 읽는 사람이었다. 잔돈푼 주고받는 그들이 내게 슈퍼맨이었다. 대지와 이웃과 우정은 나의 상전, 그들의 손과 발이 기도고 책이자 하늘이고 밥이자 시였다. 1894년, 갑오년 농민들 깃발처럼 하루가 다르게 묘목이 솟구치고 있다. 오늘 아침 장독 위에 놓여 있었다. 숲에서 자라는 고추나뭇잎과 엄나무 새순과 오가피와 가죽나무 새순. 누가 두고 간 지 모르겠다. 내가 모르는 하늘들, 저 흙 속에 숨은 씨알만큼 많을 것이다. 살아서 하늘을 만났으니 다 이루었다. 나는 시인 아무개가 아니라 내 안에 깃든 인류를 내쉬고 내 밖에 무한히 펼쳐진 생명체들을 들이마시며 살다 가겠다. 미옥이 미혜 해경이 현미 미순이 미희 미숙이 선희라는 고유명사들과 함께. 멸종과 멸절이 멀지 않다 해도, 나는 한낱 인간, 어디로 날아갈 필요가 없다. 나는 한낱 위대한 평민, 인간으로 살다 인간으로서 돌아갈 것이다.

해설

POET

이명의 공동체

노지영(문학평론가)

1. 죽음 앞에 선 이야기꾼

그 병이 어디서부터 왔는지 알 것 같다. 김해자 시인의 작품들을 읽는 일은 그녀가 앓는 병증의 인과계를 읽어나가는 일이다. 질병과 동거하는 시대, 전대미문의 재난 속에서 그녀의 통증은 더욱 깊어졌다. 감염병에 걸린 인간의 몸을 근대의 의료기술이 격리 처리하는 풍경이 일상화되면서, 이전의 시집보다 근대식 체제에 대한 문명 비판적 목소리는 더 절박해졌다.

이번 시집 전반에는 '죽음'의 정조가 어른거린다. 전 세계적인 감염병이 창궐하면서, 인간의 취약성에 대한 공통감각에 민감해지는 시기이기 때문에, 그녀의 시집이 보여주는 수순은 어쩌면 당연한 것인지 모른다. 그러나 죽음이라는 현상 앞에 수동적으로 아파하는 생물학적 개인이 아니라 시를 통해 적극적으로 사회적 죽음을 사유하는 정치적 인류로 거듭나고 있기에, 그녀의 시집은 아픈 만큼 더욱 날카롭게 느껴진다.

벤야민의 혜안처럼, 죽음이란 '이야기꾼'에게 권위를 준다. 죽음의 순간에 다다른 사람에게서 마지막으로 연소되어 나오는 삶의 조언들은 그 자체로 세속도시의 모든 소음들을 정지시키는 힘이 있다. 수많은 '정보'들을 흘려들으며, 도무지 세계의 사건들에 집중할 수 없었던 근대 이후의 인간들은 엄습해온 죽음 앞에서야 죽음의 문제를 삶의 문제로 성찰해온 이들의 고견에 귀를 기울이기 시작했다. 닫아두었던 지각세계를 조금씩 열어내면서, '몸'이 '소거'되어가는 한 시인이 절절히 토해내는 죽음 이야기에 이제 집중해보는 것이다. 다음의 시처럼 메마른 마음을 이완하며, "켜켜이 접혔던" '귀'부터 퍼지는 경험으로.

뻣뻣한 미역귀가 한 양푼 물을 만나자, 두툼한 귀들이 꿈틀거린다. 켜켜이 접혔던 귀가 퍼지며 미끌한 진액이 되어 간다. 안으로 첩첩 포개진 귀들이 밖으로 풀어지며, (…중략…)

말라붙은 돌미역귀,

언젠가부터 나는 난청,

산 너머 너머에 있는 심해, 잘 들리지 않는다.

굳어서야 겨우 살아 있는 귀,

귀 하나 펴질 때마다 스며 나오는

음표들의 행진

음과 음 사이,

들숨과 날숨 사이

물결표 ~ 당신

모든 당신들의 숨결 들리는 듯,

끈적한 바다가 방울방울 맺힌다

-「돌미역귀」 부분

말라붙은 돌미역귀가 "양푼 물" 속에서 풀어지는 과정을 상상력의 귀가 "꿈틀거리"는 과정으로 표현한 위의 시를 보자. 김해자의 시에서 '물'이란 언제나 물질 이상의 것을 포함한다. 이반 일리치가 강조한 바 있듯 물이란 H_2O의 화학물질로 환원될 수 없는, 원형적 상상력의 보고일 것이다. 김해자의 이번 시집에서는 무역사적인(a-historical) 근대의 질료로 획일화되는 것을 거부하며, 잊혀졌던 생의 감각들을 복원시키는 물의 이야기들을 만나볼 수 있다. 그것은 이 시에서처럼, 점액질의 끈적함과 비릿한 냄새, 산고의 통증, 들숨과 날숨의 리듬들과 같이 소외되지 않는 전 감각으로 다가온다. 켜켜이 쌓인 침묵의 소리를 들려주며, 메마른 근대인들의 난청을 치유함은 물론이다.

그 '물'의 상상력은 '달'의 상상력과 겹쳐져 우리가 잊고 있었던 새로운 차원의 공간을 개시하기도 한다. "물속에 달이 들어가 있"는 풍경을 묘사한 「달빛 홀로그램」 같은 시에는, "너무 가까워서" "따로 있다는 걸 몰랐"던 원융무애(圓融無礙)의 세계가 몽환적으로 펼쳐지고 있다. 근대 이전, 자연의 순환적 주기를 따르며 아무도 소외시키지 않은 채 율동하던 세계는 상서롭게 "꿈틀꿈틀"대며 온몸으로 다가온다. 그것은 이분법적 앎에 의해 구분되지 않았던 세계, 그리하여 순박한 무지 속에서 자연의 주기를 통해 감각되던 세계다.

그러나 그 자연 속 달빛은 일찍이 '근대화'의 '홀로그램'에 의해 잠식된 바 있다. "물 건너온" 조국의 근대화 프로그램 속에서, 계몽과 비계몽, 국민과 비국민, 성장과 퇴보, 부와 가난,

사용자와 노동자의 구분이 노골화되며, 공동체 속에서 어울리던 혼융의 리듬을 망각한 채 우리는 살아왔다. 대신 "월급-월세-월부-월말정산…"과 같은 이코노미쿠스의 주기가 자리를 대체하며 개인의 내면을 악개발하는 세상이 되었다. 그 산술적 주기 속에서 자연은 착취되고, 자연의 일부인 인간의 몸도 훼손된다. 이제 가상의 홀로그램만이 유혹하는 그곳은 "대보름날 짚가리 속에서 놀다 함께 잠들었던" 오촌이 "프레스에 팔 하나 잡아먹고 돌아"오고, "정각정 느티나무 아래서/ 고무줄 넘기를 하면 이파리까지 머리가 닿던" 친구가 "폐가 문드러지고 나서야 돌아"오는 세계다. 살아 있되, "초죽음"이 되어가는 삶, 사위어가며 소거되는 '산 죽음'의 삶이다. 물질 중심 사회에서 "노동자가 되어가"는 삶이 바로 그러하다.

2. 내가 사는 세상

노동자의 삶이 "몸의 소거"(「몸의 소거」)로 나타나는 대표적인 작품이 「내가 사는 세상을 봤다」라는 시이다. 분향소 영전의 기록을 가감 없이 옮겨와 시의 양식으로 재배치한 이 작품에는 2009년부터 2018년까지 연쇄적으로 일어난 쌍용차 희생자들의 죽음이 목록화되어 있다. 개인화된 죽음이 어떤 사회적 집체로 연결되어 있는지를 보여주는 이 시는 '자살'이나 각종 '기저질환'과 같은 공식화된 언어로 희생자 개인의 죽음을 기록하고 있다. 그러나 그러한 공적 기록으로 무한 반복되는 죽음의 목록은 역설적으로 "내가 사는 세상"의 치유적 무능력을 더욱 절감하게 해준다. 그리하여 그녀는 공식적 언어로 표현할 수 없는 개인의 내막, 근대의 기록 언어가 미처 다다르지 못한 고유한 죽음의 진실에 더욱 관심을 둔다.

시 「아무 일도 일어나지 않았다」는 개인화된 죽음으로 공식 처리된 한 하청노동자의 이야기를 다루고 있다. 알리바이가 충분하지 않음에도 자살로 처리된 억울한 죽음을 재부검하고 있는 이 시는 죽어도 죽지 못하고 노동현장의 구천을 떠도는 희생자의 목소리를 불러와 스스로 현장의 상황을 증언하게 하는 형식을 띤다. 가령 자살 당한 "나, 샌딩공 정범식"이 스스로 자신이 당한 사건을 1인칭 시점으로 재구성하여 현장검증하는 방식이다. 시인은 각종 숫자들의 기록 속에서 '~했다고 한다'로 전해지는 이야기를, '~다'의 경험적 확언조로 바꾸어 새롭게 증언한다. 그 과정에서 한 무명씨 노동자가 겪었던 주관적 공포와 열악한 노동현장에서의 죽음의 동선도 매우 섬세히 묘사된다.

독자들은 이런 노동자의 삶을 통해 무수한 죽음을 연습해 온 한 시인의 이야기에 귀를 열고 집중하면서, 1인칭으로 말 걸어온 하나의 사건을 일상적으로 소비되는 정보로서만 취급할 수 없게 된다. 유사 경험에 고통받은 적 있는 독자들은 공장 측의 '시장경제' 논리 앞에서 정동하는 한 개인의 '생존경제'적 내막을 본다. 죽은 자의 실존적 상황에 빙의된 이러한 1인칭의 화법은 그저 먼 나라의 무연고자 이야기가 아니다. 근대식 방역 체계 안에서 죽음을 신속히 처리하는 것이 일상화된 감염병의 시대, '내가 사는 세상'과도 철저히 연루된 이야기이다. 이러한 '내가 사는 세상'은 김해자의 시에서 전 지구적인 현장으로 확장될 때가 많은데, 이번 시집의 표제작인 「해피랜드」에도 그 족적이 뚜렷하다.

어린 성자들 오늘은 바다를 건너갈 거야, 마닐라 항구 야적장엔 녹슨 못이 많아, 수심 깊은 1.5KM 헤엄쳐 가야 한다, 믹을 따라가기엔 프란시스는 너무 작다. 욕심 많고 덩치가 큰 형들이 오기 전에 가야 해, 헤엄쳐 두 시간 만에 야적장에 도착해보니 프란시스가 뒤따라왔다. 부러움이 두려움을 눌렀다. 아프다, 못에 찔렸다, 피 난다, 손과 발에 상처 자국이 주운 못보다 많다. 형, 목마르다. 배고픔이 아픔을 이겼다.
나무 위에 올라가 붉은 열매 몇 개 따 먹었다. 믹의 소원은 트
럭 운전사가 되는 것. 또 다른 소원은 좋은 아버지가 되고 싶
은 것. 점플보이가 소원인 프란시스의 또 다른 소원은 굶지
않는 것, 맛난 거 많이 먹는 것,

　　다시 헤엄쳐 돌아가는 먼 바다
　　둘 다 말이 없다
　　오늘은 조금밖에 못 벌었어,
　　24페소(600원)니까 12페소씩 나누자,
　　손에 올려준 동전을 어루만지며 프란시스가 성자처럼 웃
었다

　　　　　　　　　　　　　　　　　　　- 「해피랜드」 부분

　　근대산업사회는 성장과 풍요의 신화 속에서 끊임없이 쓰
레기를 만들어내는 체제다. 그리고 그 쓰레기들은 다시 전 지
구적 경제 논리에 의해 제3세계의 주변부로 이동한다. 시인이
각주에서 밝히고 있듯이 '해피랜드'란 도시 개발로 밀려난 사
람들 6만 명이 사는 필리핀 톤도 해변에 있는 지명이다. 아마

도 빈곤층과 쓰레기가 밀집되기 이전의 '해피랜드'라는 장소는 그 지명과 자연 본래의 외양이 조화를 이루는 아름다운 해변이었을지 모른다. 그러나 근대물질문화의 윤택함을 유지하면서 생태 도시성까지 확보하려는 주류 국가들의 기획 속에서 점차 거주환경이 취약해지는 제3세계의 장소들이 늘어나게 되었고, '해피랜드'는 이러한 근대경제 시스템의 모순을 보여주는 반어적인 지명이 되었다. 해변은 쓰레기 매립장으로 변모하고, 누군가의 아름답던 고향은 전 지구적 자원 이동 시스템에 의해 그 고유의 풍경을 착취당한다. 근대 물질문명의 유혹적 홀로그램 뒤에는 이러한 어둠의 인프라가 구축되어 있고, 폐기되어야 할 자원들은 불공정한 방식으로 특정 약소국에 배당되게 되었다. 약소국의 빈민 중에서도 경제적 자립도가 가장 떨어지는 계층인 아이들은 이러한 쓰레기 매립지에서도 쓸만한 것이 없는지 헤매면서, 불안정한 생계를 유지한다. 빨간장화를 신고 쓰레기를 줍는 11살의 나디아, 독수리 5형제라 불리며 날렵하게 쓰레기를 수집하는 어린아이들, 달리는 트럭에 올라타 철골을 뜯어내고, 그 쓰레기를 파는 점플보이 아이들, 수심 깊은 바다를 헤엄쳐서 날카로운 폐기물을 수집하다 어느 날 죽음을 맞게 되는 위태한 '아이들'의 모습은 오늘날 미래의 인류가 당면한 막다른 골목을 보여준다.

이런 죽음의 사건들은 비단 인간 종에게만 닥쳐온 이야기는 아닐 것이다. 가장 취약한 존재들로부터 시작하여, 죄 없이 무구한 것들까지, 인간과 비인간을 가리지 않고 무차별하게 착취하는 근대문명은 빈부격차와 인간소외, 환경 파괴와 같은 패도를 향한다. 근대식 속도전과 다국적 기업의 번성으로 정직하게 자연의 리듬과 교감해온 시간은 소거되고, 전 지구적 거주지들은 붕괴되고 있다. 인류를 둘러싼 공희(供犧)의 존재들을 "그까짓 것"으로 치부하며, 눈 맞춤하지 않았을 때, 세계의 몸을 지탱해온 "단단한 뼈"(「그까짓 것, 것들」)들은 걷잡을 수 없이 무너져 내리는 것이다.

열대우림이 태워지고 있다

캘리포니아가 불타고 호주가 불타고 있다

아마존이 번성하는 동안 원주민들이 들것에 실려 나오고 있다

쿠팡이 질주하는 동안 노동자들이 고꾸라지고 있다

몬산토가 팽창하는 동안 농민들이 눈멀고 있다

나무와 풀이 불타고 코알라가 불타고 있다 죄 없는

캥거루가 몸부림치고 있다 어린 자식 안은 채

너와 내가 분리되고 있다 땅과 사람의 신체가

솔로몬 제도가 마이크로네시아가 사라지고 있다

투발루와 팔라우 파푸아 뉴기니가 잠기고 있다

인천항과 인천공항이 물에 떠 있다 갇힌 배 안에서

서로를 구조하고 있다 틀어 막힌 내 숨이 할딱거리고 있다

- 「에스컬레이터를 타고 오르는 동안 - 코로나4」 부분

시인은 기술 문명의 도구를 별다른 성찰 없이 이용하는 그 모든 순간들이, 오래전부터 지속되어 온 자연 착취의 역사와 연결되어 있음을 통각한다. 인간 종이 스스로의 동력으로 움직이지 않은 채 유유히 에스컬레이터를 타고 오르는 동안, 불타고, 고꾸라지고, 잠기고, 사라지며, 다른 생명들의 호흡은 더욱 급박해졌다.

그 틀어막힌 호흡에 같이 "할딱거리"며, 시인은 "대지가 온몸으로 절규하는 귀울음"(「나무 아래로」)을 온몸으로 앓고 있다. 병증이 범람하는 시대, "관 속" 같은 자기공명(磁氣共鳴) 기계 속에 누워서, 시인은 "자기공명(自己共鳴)"(「자기공명」)의 '꾕음'을 듣는다. 근대산업사회에서 내던져진 억울한 죽음들

과 사라진 자연들은 때론 "알 수 없는 전파들"(「몸의 소거」)로 수신되기도 하고, "내 몸에 새겨진 소리의 문신"처럼 각인되어 고통스럽다. 그녀의 육체는 "세계가 내지르는/ 모든 소리들이 차례차례 재생"되고, 무수한 타자들의 목소리가 공명하는 몸이 된다.

영매들이 그러하듯이, 억울한 '공동(共同)'의 "것들"에 연달아 몸을 비워주며 그녀의 시는 점점 공동(空洞)을 향한다. "나는 지워져 가고" "무명이 나를 결정해가"(「무명」)는 것이다. 그것은 "내가 나를 장례시켜"가면서, '이명의 공동체'가 드나드는 울음통을 세계에 내어주는 방식이다. 어떤 시들은 이렇게 공희의 몸을 자처한다.

3. '정주 서원'의 시

전 지구적 죽음을 목도하는 시대지만, 한편으로 우리는 인류의 삶을 공동으로 고민할 수 있는 전환점 앞에 놓여 있다. 이런 시기에는 일리치와 김종철이 주목한 바 있듯이, 프로메테우스보다 그 동생 에피메테우스를 기리는 지혜가 더욱 필요할지 모른다. 앞을 향해 전진하는 프로메테우스적 역사가 신봉되면서 근대 인류문명이 발전하여 온 것 같지만, 에피메테우스처럼 뒤돌아보는 행위가 동반되지 않는다면 인류의 질주경(dromoscope)을 성찰하기는 쉽지 않았을 것이다.

그리스 신화에서 에피메테우스는 짐승들에게 재주와 능력을 모두 나눠주느라 미처 인간에게 나눠줄 능력을 남겨두지 못한다. 이로 인해 '미리 보는 자'라는 뜻의 프로메테우스의 이름과 비견되어, '어리석은 자', '뒤늦게 생각하는 자'라는 이름으로 기억되고 있다. 그러나, 프로메테우스가 인류에게 선물한 근대 산업 문명의 상징인 '불'이 무한 효용성의 가치를 향해 돌진하면서, 얼마나 많은 빙하를 녹이고, 얼마나 많은 방주 밖을 만들어왔는지 우리는 분명히 기억할 필요가 있다. 그리하여 김해자 시인은 "목적지를 향해 최단 거리로 이동하는/ 인류의 오랜 습성", 즉 프로메테우스적인 습성이 무너지는 시절에, "느긋하고 예의 바른 종"(「마스크, 가면, 탈 - 코로나 1」)의 출현을 기다려보는 것이다. 그녀는 인류사에서 "뇌보다 발이 500만 년 빨랐다"는 것을 언급하며, "바닥과 결코 결별하지 못하는 발"에서 인류의 사유를 발전시킬 가능성을 찾는다.

발이라 불렀다 앞집 어매는
마늘 끝에 오종종 돋아난 지네 발 같은 뿌리

가지런히 줄 맞춰 난 마늘 끝 흰 뿌리,

이빨 같기도 하고 발 같기도 한 마늘을 쪼갠다

지구가 집이었다 옹달샘도 작은 언덕도

수백 줄기로 부서지는 폭포도

저마다의 집이었다

인류에게도 하나의 뿌리를 가진 나무가 있었다

생명의 나무 한 그루가 여기저기 가지를 뻗으며

잎 틔우고 꽃 피우고 새와 벌레가 깃들 자리를 내주었다

―「생각하는 발」 부분

　　김해자 시인이 이야기하는 '발'은 부유하는 '이동성'보다
는 뿌리내리는 '정주성'의 이미지와 연결되어 있어 인상적이
다. 끊임없이 전진하며 더 나은 미래로 이동하려는 욕망을 내
려놓고, 구체적인 장소에 뿌리내리며 자연의 질서를 발견하고
자 하는 자세는 에피메테우스가 피조물들에게 사심 없이 나눠
준 선물 같이 느껴진다. 이번 시집에 실린 스물다섯 편의 시가
뿌리내리고 있는 삶의 자리는, 자연의 질서와 한 뿌리로 엮인
삶의 원칙들을 아프게 확인해가는 장소들이었다. 자연의 원칙

들에 철저히 순명하고, 순명할 수 없는 현실이 있다면 강하게 문제 제기하면서 시를 써나가는 시인의 모습에서 모종의 경건함이 발견되기도 했다. 그리하여 그녀의 시를 읽으며 그 어떤 수도자들이 결행했던 '정주 서원(定住 誓願)'을 가만히 떠올려보기도 하는 것이다. 정주 서원이란 죽을 때까지 한 수도원에 뿌리내리며 그곳을 지키겠다고 선언하는 수도자들의 공적인 약속을 말한다. 시류에 휩쓸려 더 나은 곳으로 떠나려는 허황된 자기 욕망을 내려놓고, 하나의 거처에 소박하게 정주하면서 이웃과 사물을 구체적으로 만나겠다는 신과의 약속이다.

어떤 장소에 뿌리내리려는 마음은 대지의 섭리를 향해 진실된 순례를 하겠다는 삶의 자세와 연이어진다. 그 뿌리 내린 장소에서 유한한 몸은 무한한 이웃들을 만난다. 이웃들과 먹고 입고 마시고 돌보고 수다를 떨며 공동체의 구체적 경험으로 흥성거린다. 그렇게 자신이 발 딛고 사는 세상에서, 억조창생의 인과적 뿌리를 "하나 뽑아" 올리는 순간, 번개처럼 명멸하며 시가 탄생하기도 한다. "모든 첫,들이 세들어 사는"(「순간의 꽃」) 시를 통해, 낯설고 구체적인 이웃들을 환대하는 선량한 마음을 확인할 수도 있다. 밀려난 가장자리에서, 열악한 노동현장에서, 절박하게 세상을 노래하지만 그럼에도 불구하고 그녀의 시가 낙천성의 품위를 잃지 않는 것은 바로 이러한 삶의 태도 때문이다.

"일각도 멈추지 않"(「나무 아래로」)고 시인에게 이명은 계속되겠지만, 그리하여 어떤 이명은 통증만은 아니다. 시와 한 몸인 적 있었던, "무한공간이, 흙이, 이웃들이" 낯설게 다가올 때, 이명은 새로운 경이의 순간을 맞이하는 전주(前奏)가 되기도 한다. 둠, 둠, 둠, "허리에 힘주"어 뿌리내린 자리에, 북소리처럼 심장소리처럼 그렇게, 새 인류가 다가온다.

　　　　꿍, 허리에 힘주고 한 움쿰 뽑아올릴 때마다 때맞춰
　　　　바람이 불었다 지난겨울 덮어둔 억새밭 뚫고
　　　　분홍달맞이가 솟구치고 있다
　　　　나는 한낱
　　　　위대한 풀이었다
　　　　저마다 팔랑거리며 반짝거리는 은사시나무
　　　　한 그루에 핀 빙빙 도는 이파리
　　　　과거도 현재도 진행형인 인류,
　　　　Being Being Human Being,
　　　　멀어졌다 가까워졌다 곡조가 들려왔다

빙, 빙, 빙…

침묵으로 가득한 무한공간이,

-「인류」부분

김해자에
대해

POET

김해자에게 사랑은 그러나 도덕이거나 교의 같은 게 아니다. 다만 충동일 뿐이다. 사람에게는 도덕과 선에 대한 충동이 있듯이, 인식 충동도 있고 사랑 충동도 있다. 어떤 것이 보다 더 그 사람을 지배하느냐에 따라 시인이든, 철학자든, 의사든, 장사꾼이든 되는 것이다. 거꾸로 말하면 백 퍼센트의 시인도 없고 백 퍼센트의 장사꾼도 없다는 말이 된다. 하지만 압도적으로 그 사람을 지배하는 충동이 있을 수 있다. 김해자를 크게 지배하는 충동은 사랑 충동으로 보이며, 그것이 김해자를 어쩔 수 없는 시인의 삶으로 이끈다. 한편으로 사랑 충동이 나르시시즘으로 빠지지 않도록 조절하는 게 인식 충동이다. 여기에서 김해자의 비판적 지성이 형성된다.

삶을 불안에 떨게 하는 것은 확실성이 느껴지지 않아서이다. 특히 자본주의 사회에서는 자연과 시간 앞에서 느끼는 존재론적 불안에다, 사회의 규범과 국가의 정책이 우리 자신을 배신할 것이라는 불안이 더해져 삶을 말없이 누추하게 만든다. 그래서 더더욱 사람들은 "'한 줌의 확실성'을 선호한다." 하지만 삶은 "한 수레 가득한 아름다운 가능성"에 가깝다.(니체, 『선악의 저편』) "아름다운 가능성"을 노래하고 표현하는 게 만약 시의 역할과 임무라면, 김해자는 변함없이 그것을 수

행하고 있다. 대신 울어주고, 대신 말해주고, 대신 노래하면서
말이다!

황규관, 「불구가 아니라면 사랑은 가능하지 않다네」
(『해자네 점집』 발문), 걷는 사람, 2018.

 시인은 타인들에게 빙의하고 육화되어 사라지고 시 쓰는 자
의 자리를 기꺼이 타인들의 목소리에 내어줌으로써 그 목소리
들이 스스로 시적 공간을 형성하도록 하고 있다. 시인의 주관
적인 감정과 사고가 이야기를 이끌어가는 게 아니라 온몸으로
힘겹게 살아온 삶들에게 기꺼이 제 목소리를 내주어 울림이
더욱 크게 느껴진다. 개별 시편도 뛰어나지만 그 목소리들이
한권의 시집에 모여 구축한 다성악적인 화음과 입체적인 삶의
모습은 더욱 감동적이다.

김기택, 창작과비평 2018년 가을호

얼핏 거친 듯 보이는 김해자의 시는 화자가 무당처럼 각양 각색의 민중으로 빙의하여 그 고해를 자유자재의 발성으로 풀 어낸다. 특히 실감나는 사투리의 사용과 입말의 운율, 노동하 는 사람들의 몸의 감각과 민중적 정서가 기득권 지식인 중심 의 관념의 언어와 발상을 뒤집는 장면에서 새로운 시적 쇄신 과 발상의 전환이 일어난다. 이렇듯 언어의 새로운 가능성을 찾는 일이 현실의 삶을 냉정하게 직시하고 약자들과 함께하려 는 노력과 동행하는 예를 보는 것도 반갑다.

한기욱, 창작과비평 2018년 가을호

K-포엣
해피 랜드

2020년 9월 30일 초판 1쇄 발행
2021년 1월 18일 초판 2쇄 발행

지은이 김해자 | **펴낸이** 김재범
편집 최지애 정경미 | **관리** 홍희표 박수연 | **디자인** 다랑어스토리
인쇄·제책 굿에그커뮤니케이션 | **종이** 한솔PNS
펴낸곳 (주)아시아 | **출판등록** 2006년 1월 27일 제406-2006-000004호
주소 경기도 파주시 회동길 445(서울 사무소: 서울특별시 동작구 서달로 161-1 3층)
전화 02.821.5055 | **팩스** 02.821.5057 | **홈페이지** www.bookasia.org
ISBN 979-11-5662-317-5 (set) | 979-11-5662-505-6 (04810)
값은 뒤표지에 있습니다.